ヴァンパイアハンターに
優しいギャル
She is friendly gal to vampire hunters.
2
倉田和算
Illust. 林けゐ

CONTENTS

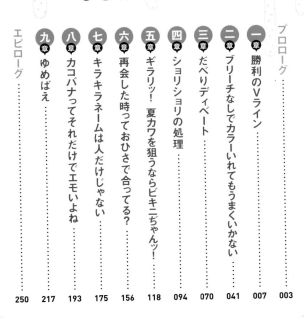

She is friendly gal to vampire hunters.

ヴァンパイアハンターに
優しいギャル 2

倉田和算

GA文庫

カバー・口絵・本文イラスト
林けゐ

プロローグ

赤い世界を少女は駆ける。

悪夢のような猛火が村を覆《おお》っている。激しい熱が肌を炙《あぶ》り、建物の崩壊が耳を叩《たた》く。道の端に黒いなにかが転がっている。それの正体を確かめずに目線を切る。あれがなにかなんて、考えなくてもわかっている。

メキシコ南部の小さな村。スーパーマーケットも病院も教会もひとつずつしかない村。それなのに養豚施設はやたらと見かける退屈な村。

それが破壊されたのは数時間前。まず初めに部屋の明かりが消えた。スマートフォンが通じなくなり、テレビもつかなくなった。少女が両親とリビングに集まり、突然の停電に溜《た》め息《いき》をついた時――隣家から火柱が上がった。

驚きながら少女たちが外に出ると、火の中から男がやってきた。

脂ぎった長髪に薄汚れた肌。金の刺繍《ししゅう》が施された赤いジャケット。その下にはなにもつけておらず、筋肉質な腹筋が見えている。

その後になにが起こったのかはわからなかった。男の背後から影のような怪物が出現したかと思うと、少女の両親が赤黒い肉塊へと変貌した。あまりにもあっけなく、なんの感慨を抱く暇もなく、ふたつの命が奪われた。

「鬼ごっこ《ラ・トラエス》だ。楽しませろ」

あれから数時間、少女は燃え盛る村を走り回った。優しいおばさんの家が崩れていた。無口なおじいさんが倒れていた。やかましかった犬が黒いなにかに変わっていた。

剝《は》がれた舗装に足がひっかかり、体が前によろめく。とっさに踏ん張ったのでこけることはなかったが、足が止まってしまった。けして止めてはいけないのに。

「おいおい、早すぎじゃねえか？」

振り向くと、少女のそばに男と黒い怪物たちが立っていた。

自分はいい人間だ、なんて自信を持って言うことはできない。寝坊してスクールバスを乗り過ごしたことがあるし、家の手伝いだってほとんどしていない。

それでも殺されるほど悪いことをしただろうか。これで終わりなのか。

「そこまでだ」

天から声が聞こえた。顔を上げると、炎と煙に汚された夜空に大きな翼をまとった女性が浮かんでいた。

──銀。

髪も、瞳《ひとみ》も、翼も、周りに漂う綿毛のような光も、すべてが銀色。

「てんし……さま……？」

少女が呟《つぶや》いたと同時だった。天使の銀翼が羽ばたくと、地上に大量の羽が飛来した。あまりの眩《まぶ》しさに顔を伏せる。地面が大きく揺れた。

「ガアアアアッ⁉」

絶叫が聞こえて薄目を開くと、地面に転がる男の姿が見えた。剣のように尖《とが》った羽が腹部や手足を貫き、四肢の自由を奪っている。黒い怪物たちは姿を消し、代わりに黒色の砂埃《すなぼこり》が周囲に浮かんでいる。

「貴様が〝火葬幻獣《フエゴブリヘ》〟だな」

涼やかな声とともに天使が男と少女の間に降り立つ。その片手にはいつの間にか銀色の槍が握られていた。

「貴様が話すことはただひとつ。仲間はいるか？」

「な、仲間は……隠れてる……場所を教える……だから……」

「先に言うべきだったな。私に嘘《うそ》は通用しない」

「な……⁉」

「単独犯ならば貴様に用はない――消えろっ！」

天使が銀槍《ぎんそう》を一回転させると、男の体が激しく跳ねた。頭部が真っぷたつに割れ、鮮血が地面に撒《ま》き散らされる。

「……間に合わなかった」

亡骸と化した男を見下ろしながら、天使が悔しげに呟いた。

眼前に広がる光景は恐ろしかったが、それでも天使が村を救いに来てくれたことは少女にも理解できた。

少女が呆然としていると、天使のそばに女性が現れた。天使と同じような格好をしているところを見るに、彼女は天使の仲間だろう。

「〝コンクリジッド〟。その子の保護を任せた。私は生存者の確認と眷属《けんぞく》の殲滅《せんめつ》にあたる」

女性に指示を出すと、天使は再び銀色の綿をまとわせた。戦いに行く気だ。

「ま、待ってください！」

少女の叫びで天使の足が止まる。自分が彼女の邪魔をしていることはわかっている。それでもこれだけは聞かなくてはいけない。

「あ、あなたは、天使様、ですか……？」

少女の質問に銀色の人は眉根《まゆね》を寄せ、うろたえるように顔をさまよわせた。

「天使？　違う。私は天使などではない。私は……」

その美しい方はこちらの瞳を真っ直ぐ見て、静かに口を開いた。

「私は、ヴァンパイアハンターだ」

一章　勝利のVライン

七月も中旬に入ると、夏の空気が日本を支配する。

人々は当然のごとく肌を出し、温度と湿度は競うように数値を上げる。そんな外気に対抗するように屋内はひんやりした風で満ち、飲食店は半年前から考案していた冷やしメニューを出し始める。

街のファッションビルの一階ベンチに、大学生風の男女が座っていた。

男性は腕を組んで肩を細かく揺すり、女性は顔をハンカチで覆《おお》っている。ふたりから漂う険悪な雰囲気に、ビルを歩く誰《だれ》もが距離をとっていく。若い男女の喧嘩《けんか》に巻き込まれたい人間などいないのだ。

「どこでもいいっつったじゃねえかよ」

「言ったけど。言ったけど……」

「じゃ、なんでガルデじゃダメなんだよ。なんで泣くんだよ」

「私だって泣くつもりなかったんだけどぉ……でもぉ……」

「うんうん。そーいう時あるよね。わかるわかる」

突如聞こえた声に男女の動きがぎしっと止まる。

彼らの前に派手な少女が立っていた。

カールかかったホワイトブロンド。グリッターきらめくまぶた。青紫色のカラーコンタクトをいれた瞳《ひとみ》。ギャザー寄せ《シャーリング》が効いたオフショルダーのトップスは丈が短く、形のいいヘソが見えていて、ショートパンツからは健康的な足が伸びている。ワンポイントピアスとピーチカラーの唇が彼女の鮮麗さを高め、ダークカラーのチョーカーとガーターリングが全体の雰囲気を引き締める。

少女が指を動かすと、それに合わせて花のストーンがついたネイルが揺れた。

「でも、今日のおねーさんのメイクって泣く用じゃないっぽいし、やっぱ泣きまくんのはよくねっすよ。メイクよれると萎《な》えるしさ」

うんうんと頷《うなず》きながら、少女は男に目線を動かす。

「そんでー、おにーさんもさ。そんな詰めたらおねーさん話せなくなっちゃうし、もうちょい優しめに聞いてあげたら?」

少女が眼を歪《ゆが》めて話しかけると、男性が居心地悪そうに身じろぎして、耐えきれなくなったように言った。

「お、お前、誰だよ」

「お、あたしのこと?」

「そうだよ。急に口はさみやがって。な、なんなんだよお前……うおっ」

男性の前にピースサインが突き出される。

少女の顔には堂々とした笑顔が浮かんでいて、そこからは強力なエネルギーが燦々《さんさん》と発せられていた。

「あたしの名前は盛黄琉花《もりきるか》！　飛燕高《ヒエコー》校二年のダンス部で、ショーライの夢探し中なフッーギャル！　よろよろっす！」

少女の弾《はじ》ける自己紹介を聞いて、男性は困惑の表情を浮かべつつ、もりきるか？　と二回ほど呟《つぶや》いてから、

「いや、やっぱ誰だよ！」

先ほどと同じ結論を出した。

ま、そーだよね。

琉花は笑顔に苦さを交えつつ、オレンジがかった毛先に指を絡《から》ませた。

「や、ダチと待ち合わせしてたんすけど、なんかおにーさんピリついてるし、おねーさんギャン泣きだし、こりゃほっとけねーなーって思って」

「か、関係ねえんだから引っ込んでろよ……」

男性は舌打ちをすると、気まずそうに目をそらした。怒り疲れたのか、それとも露出度の高い琉花を見続けることが後ろめたいのか。

なんでもいーけど、チャンスっぽ。

「でもさー、おにーさんだってこのままじゃ嫌《や》っしょ。こーいう時ってダイサンシャがいたほうが彼女さんも話しやすくなるんだって」

「だからそんなん……」

男性はなにか言い返そうとしていたが、苦い表情を浮かべると、力を抜いて背中を壁に沈めた。ムカつくが同意見、ということらしい。

女性に目線を戻すと、艶《つや》やかなショートボブがあった。顔を覆うハンカチの隙間《すきま》から産毛のない肌が見えている。

ちゃんとしてんなー、と思いつつ、琉花は女性の前にかがんだ。

「おねーさんもデートのために気合い入れてきたのに、それがダメになんのってもったいない気ぃするし、ビュロスみたいな?」

語りかけると、ハンカチがずれて女性の瞳が出てきた。話を聞く気はあるようだ。

「あ、ビュロスってのはビューティーロスの略ね。美容版フードロス的な」

「……くふ」

ハンカチの向こう側から空気が抜けるような声が聞こえた。笑ったことで警戒心が解けたのか、女性はハンカチを顔からどかしていった。

鼻赤くなっちゃってる……くー、もったいねー。

苦い思いはあったものの琉花は笑顔を崩さずに女性を見上げ続ける。

「そんで、なにがあったん？」

「……お昼食べよって私が言ったら……彼がガルデニアに行こうって言って」

ガルデニアとはイタリア料理をメインとしたファミリーレストランだ。価格帯はリーズナブルだが、料理のレベルはけして低くない。ドリンクバーもあるし、何時間でも滞在できる。琉花としてはいい店だと思う。

しかし、ガルデニアを嫌がる人も少なくない。あそこはあくまで普段使い用であり、特別な日には似つかわしくないと考える人間もいる。

「あーと、おねーさんはガルデ嫌いな感じ？」

率直に尋ねてみると、女性は首を横に振った。

「そんなことない……あそこはいいお店だと思う……食事もおいしいし、値段も安いし……」

女性の意見は琉花の意見と同じだった。

じゃあ、なんで？

続きを催促するために琉花が頷いていると、女性は言葉を絞り出した。

「でも、でもね……」

女性は言葉を切って隣をちらりと見る。男性は困った顔を浮かべたままで、女性がなぜ泣いているのか理解できないようだ。

これは言わないとわかんないぞ……あたしもわかんないし。

琉花がアイコンタクトを飛ばすと、女性はためらいがちに頷いて、ようやく泣いている理由を口に出した。

「でも……十回連続は嫌なのっ！」

そーいうことかー……。

いくらガルデニアがいい店でも十回連続は厳しい。豊富な品揃《そろ》えといっても限度があるし、デートが味気なく感じてしまうはずだ。

つか、このおにーさんもなに考えてんの？

横を見ると、男性は愕然《がくぜん》とした表情で固まっていた。

「で、でも、お前、いいって……そう言ってたじゃねえかよ……」

「そうなの。私、最初のデートでずっとガルデニアでもいいって言っちゃったの。だから、いまさら嫌だって言いだせなくて……でも、これからも続くのかなって思ったら……」

こぼすように言うと、女性は再び口を閉ざしてうつむいた。

色々と驚くことはあったが、状況は把握できた。

男性は初デートの時に言われたことを根拠に女性を何度もガルデニアに誘い、女性は過去の発言と今の気持ちにはさまれて苦しんでいたらしい。

悲しいことだけど、これなら解決の芽は全然ある。

「……おにーさん」

琉花が声をかけると、男性が気を取り直したように細かく頷いた。

「実は俺《おれ》も……薄々ダメかなって思ってたんだ……うん……」

薄々かよ、と思ったが口に出すのは我慢した。

せっかく気づいたのだから、部外者である自分が水を差してはいけない。

「でも、別の場所を選ぶのが怖くって、ついガルデばっか選んじまって……お前を泣かせちまった……」

「ううん。私も言い出すべきだった」

ふたりの声色が柔らかくなり、痛々しい雰囲気が薄くなっていく。お互いをいたわる優しい感情が漂い始める。

うんうん、問題解決だ。

ほっとしている琉花の前で、恋人たちが手を取り合う。

「だから、今日は別のファミレスに行こう！」

「うん、嬉《うれ》しい！」

ふたりが熱い瞳で見つめ合っている。琉花の存在を忘れたのか、周囲を気にせずにお互いの唇に自分の唇を近づけていっている。

「んー、ええ話や……」

なにか引っかかるものはあったが、愛が修繕されたことは間違いなくいいことだ。首を突っ込んだかいがあるというものだ。

琉花が職人の顔で恋人たちを見守っていると、

「——琉花。なにをしているんだ?」

氷のように透き通った声が聞こえた。

振り返ると、ファッションビルの通路に美少女が立っていた。

新雪を封じ込めたような銀色の髪と瞳。かすかに輝く真珠のような肌。計算されたような整いすぎている顔立ち。それらの魅力に満ちた特徴を持ち合わせた透明感溢《あふ》れる美少女は、黒光りするアクセサリーやピアスを大量に身につけ、通行人を魅了すると同時に威圧していた。

四十七銀華《しじゅうななぎんか》。

琉花の友人であり、ひとつ年上のクラスメイト。

今日も今日とて半袖《はんそで》のフーディーと先細《テーパード》りパンツというボーイッシュな服装をしている。夏仕様なのか、いつも装着している黒い手袋は長手袋になっている……少しコスプレっぽい。

待ち合わせ相手の到着に琉花は肩をすくめて答えた。

「や、銀華がくるまでにエモドラがあったんよ」

「えもどら……?」

銀華が琉花の背後を覗《のぞ》き込もうとすると、整った顎《あご》のラインが琉花の視界に入ってきた。

相変わらず顔がいいな、この人。

そう考えて気がついた。この美貌を恋人と仲直りしたばかりの男の前に出していいものか。

ぜってぇーやべえことになんじゃん！

「ウェイウェイウェイ！　銀華が出るとまとまった話がこじれるわ！」

「まとまった話……？　どういうことだ？」

「それはあとで話すんで……んじゃ！　ふたりともラブみケーゾク頑張ってね！」

恋人たちに別れの言葉を送り、琉花は銀華の手を取ってその場を立ち去った。


六月の初め、盛黄琉花のクラスに四十七銀華が復学してきた。

彼女の現実離れした容姿は周りを惹《ひ》きつけ、彼女の無愛想な態度は周りを圧倒した。初めのうちは琉花もやべーやつが来たなんて思っていたが、銀華が学生生活に慣れていない不器用娘だと知ると、その態度や言動を受け入れられるようになった。隠していた事情を知った今では親しみすら感じるようになった。

その事情とは、彼女が元ヴァンパイアハンターということだ。

銀華は狩人同盟という組織に所属していたヴァンパイアハンターであり、祓気《ふっき》という特別な力を使ってヴァンパイアやその手下である眷属《けんぞく》と戦っていた。そして半年前の殲滅戦《せんめつせん》によって怪物たちを絶滅させたことで、彼女は日常に戻ってきたのだ。

知った時は琉花も驚いたが、こんな容姿や性格は元ヴァンパイアハンターでしかありえないということで、すぐにその事情を飲み込むことができた。というか、それを知った時は眷属に狙《ねら》われていたし、銀華に救われたこともあって信じる以外の選択肢はなかった。

その後、琉花はデイヴィッド・ハイゲイトというヴァンパイア復活を企《たくら》むヴァンパイアハンターとそれを阻《はば》もうとする銀華の争いに首を突っ込むことになったが、なんとか切り抜けて平穏を取り戻した。


銀華との出会いからひと月が過ぎ、飛燕高校では期末テストが行われた。

珍しく勉強に取り組んだことで琉花の頭は常に爆発《ばくはつ》寸前となり、テスト期間中はずっとうめき声を上げてしまった。等加速度直線運動はどの時代の武将だったか。微分積分はどこの県庁所在地なのか。

そんな感じだったので、期末テストから解放された日は友人たちと夜までカラオケボックスに籠もることになった。次の日の授業は喉《のど》ががらがら状態で受けることになったが、それはそれで楽しかった。

なにはともあれ、あとは夏休みを待つばかり。

休日は街に繰り出すことにした。ひなるとめいりは用事があるということだったので、銀華とふたりで遊ぶことになった。

今日の目的を考えるとちょうどよかったかも、などと考えながらエスカレーターに乗っていると、上の段の銀髪美少女が振り返った。

「琉花。もめごとにすぐに介入するクセは抑えたほうがいいと思う」

どうやら銀華なりに先ほどの出来事を把握したらしい。琉花であればトラブルに首を突っ込むという推理だろうか。

確かに察する通りだが、こちらだって首を突っ込むべきこととそうではないことの区別はつけているつもりだ。それに、

「でもさー、いーことすると気持ちよくね？」

「それには同意だが、もう少し自分の安全を考えて……なぜ笑っている？」

「やー、なんかすっごい心配されてんなって思って。愛されキャラで困るわー」

「君にはなにを言っても無駄なのか……」

銀華は肩をがくりと落とした。

流石《さすが》に琉花も申し訳なさを覚えたが、アイデンティティにも関《かか》わる部分でもあったので譲る気はなかった。これ以上会話は引き伸ばさないほうがいいだろう。

エスカレーターを降りてフロアを歩いていると、今日の目的に手頃な店を見つけた。

「お、んじゃここにしよ」

銀華を手招きして、琉花はその店——水着専門店に向き合った。

期末テスト終了後、友人たちと夏の予定を話し合っていると、銀華が遊ぶための水着を持っていないということがわかった。ちょうど琉花も新しい水着が欲しかったので、一緒に水着を買いにいくことにしたのだった。

銀華は水着専門店の店内を見つめると、険しい顔で呟いた。

「なんというか、いかんともしがたいな」

「イカントモシガタイってなに？」

「入りたくない」

この狩人系美少女はなにを言っているのか。こんなに顔立ちもスタイルも優れているのに水着専門店に入りにくいなんて。他の女子への冒瀆《ぼうとく》だ。一回説教しておくべきかも。

や、それは違うっしょ。

銀華はこれまでの人生をヴァンパイアとの戦いに捧げてきた。時には山で、時には島で、時には村で戦ってきた。こういった女子力の塊のような店に慣れていないのは当然だ。そういう子だからこそ琉花が一緒に買い物に来ているのだ。

「じゃー、銀華ちゃんのハツタイケンだ。女子力アゲるためにも入んべ！」

「入店だけでじょしりょくは上昇しない……」

「するんだなー。それがー」

文句を呟く銀華の背中を押して水着専門店に押し込む。

水着専門店には様々な水着が飾られていた。キャミソールタイプのタンキニ。前から見るとワンピースに見えるモノキニ。シンプルな三角ビキニ。オフショルダービキニ。ビスチェタイプビキニ。ハイネックビキニ。ブラジリアンビキニ……。

色とりどりの水着に囲まれて一瞬で精神を消耗したらしく、銀華はげっそりしていた。

「み、水着ばかりだ……」

「そりゃ水着屋だかんね」

「あ、あれはほとんど紐《ひも》ではないか……」

「そりゃ水着だかんね」

銀華、かんっぜんにアガってんなー……。

苦笑いを浮かべながら店を眺めていると、琉花の目にひとつの水着が入ってきた。

「うわ、これ見てこれ見て。紐がチェーンになってる！」

ビキニを手にとって銀華の前に突きつける。布地の少なめなそれは肩紐と腰紐の部分がそれぞれ二本のチェーンになっていて、ちゃらちゃらと擦《す》れあっていた。

「チェーンがなんだというんだ……？」

「バーリかっけーっしょ！」

「かっこいい……この水着がか……？」

「うん。キンキラでハデハデだしー。ま、もちょっと金成分多めでもいーかもだけど」

「わ、わからん……」

銀華が顔をしかめた。理解不能ということらしい。

これぱかりは個々人の好みなので琉花もそれ以上は言わなかった。自分の好みを知ってもらえるだけで今は十分としよう。

そうして琉花が水着を吟味していると、隣から、あ、という声が聞こえた。

「る、琉花、私はあれにするぞ」

「あれって？」

銀華は質問に答えず、店の奥へ進んでいった。

慌てて琉花が後ろを追いかけていくと、銀華は灰色の長袖《ながそで》水着を手にして安堵《あんど》の笑みを浮かべていた。

「……ウェットスーツじゃん」

期待外れの選択に声がワントーン下がる。

ウェットスーツとはサーフィンやダイビングを目的とした時に使われるスウィムウェアだ。ゴム素材でできた布で体全体を覆い尽くし、肌との間に入った水で体温を保つことができる。完全防御タイプの水着だ。

海水浴は体を動かすだけでなく、解放的な気分になるということも目的のひとつだ。そういう意味ではウェットスーツやラッシュガードは論外。ビキニのような露出度の高い水着を着るべきだ。

「海に行くというのならこれで構わないだろう」

琉花の落ち込みをよそに銀華は得意げだった。

意見を尊重したい気持ちはあるが、それを上回るほど琉花は銀華の水着姿が見たかった。夏の日差しの下でこの白い肌はどんな風に輝くのか。それを記憶に焼きつけたかった。

それなのに……ウェットスーツて！

「や、海で遊ぶってのはー、海に入るだけじゃなくってさー……せめてVラインは出さね？」

「ム？　ぶいらいんとはなんだ？」

「Vラインっつーのは、ここ。ここのこと」

琉花はショートパンツを下にずらし、足の付け根に刻まれたラインをなぞった。夏服はこういう時に便利だ。

「ああ……鼠径部《そけいぶ》のことか」

「そそ。ここ出しときゃセクシー度マシマシだから。出し得っつーか。海の掟っつーか。女子の義務っつーか……あ、でも出しすぎは脱げるかもなんで、ほどほどで」

「別に私は異性を魅了したいわけではないのだが」

「あたしだってそーだよ？」

「……そうなのか？」

不思議そうに呟く銀華に対して、琉花は強く頷いた。

「うん。男子にモテたいってのは横に置いといて、自分がかっこいーって思うからVライン出すんだって。つか、せっかくの夏だし、海だし、バチバチにハジケないと！」

「肌を見せることがはじける？　ことに繋《つな》がるのか？」

「そりゃそーよ！」

「その確信はどこからくるんだ……？」

銀華は溜《た》め息《いき》をつくと、ウェットスーツを元の位置に戻し、店の中に目をさまよわせた。

そしてぴたりと試着室で目を止めると、琉花に言った。

「これ以上ごまかすことは難しいか……琉花、試着室に来てくれ」

「は？　なんで？」

「いいから来てくれ」

首を傾げる琉花を放置して銀華は店内を進んでいった。

試着室の中は広く、ふたりが入ってもまったく窮屈ではなかった。琉花が壁一面の鏡に映る自分を見つめていると、銀華が長手袋に手をかけ、それを下にずらし始めた。

「私が肌を出したくない理由はこれだ」

手袋が完全に外されるより前に、琉花は言葉の意味を理解した。

銀華の前腕から手の甲まで河のような模様が走り、銀色の輝きを発していた。

「わー……」

自然と吐息が漏《も》れる。

この銀光が祓気によるもので、その超常的な力が攻撃性抜群と知っていても、眼の前の美しさには心の琴線《きんせん》がギャンギャン揺らされてしまう。ただでさえ美しい銀華の顔が銀色のライトに照らされて三割増しにきれいに見えた。

「祓気を使わずとも狩人の腕部は常に発光している。これは体内にある力の源を除去しない限り続く、狩人の業《ごう》のようなものだな」

銀華は薄目を開きながら、自分の左腕を指でなぞった。

「これを他人に見せることは戒律《かいりつ》違反につながる。なので私は手袋を外すわけにはいかず、手袋を不自然に見せないためには布地の多い水着を着るしかない、ということだ」

戒律。ヴァンパイアハンターが守るべき掟。超人的な力を持つ彼女たちを縛るためのルールだ。これがあるために銀華はヴァンパイアハンターであることを他言《たごん》できなかったり、メディアに出られなかったりと不自由な生活を過ごしている。

行動の意味がわかると、銀華の水着姿を期待していたことが不謹慎なように思えた。

「そーいうことなら店に来る前に言ってよ……」

「戒律があるので話すべきか迷っていたんだ。だが、君には話しておくべきだと思ってな」

銀華からの信頼を感じて嬉しいが、琉花の罪悪感は膨れるばかりだった。

またやらかした………いや、言うほどやらかしたか？

「ん？　つか、腕を隠してても変じゃなければいーってこと？」

琉花が見つけた勝ち筋は銀華の、そうだが？　という返事で確信に変わった。

「へっへっへっ、水着界隈《かいわい》を甘く見ちゃ困るっすよ。四十七パイセ〜ン」

「別に甘く見てはいないが……そんな界隈があるのか……？」

「ちょい待ってな！」

そう言って琉花は試着室を飛び出すと、店員に声をかけてある水着を探してもらった。店員に礼を言ってそれを受け取り、満面の笑みとともに試着室に戻る。

「タラーン！　ボレロ〜ゥ！」

明るい声とともに銀華にボレロを突きつける。

ボレロとは前側が閉じられない丈の短いジャケットのことだ。普通の衣服としてだけでなく、水着ファッションとしてのボレロもあり、それはけして珍しいものではない。

「これなら肩から腕までカバーできるし、手袋つけっぱでもおかしくねっしょ。あたしが持ってきたやつは生地厚めだけど、もっとあちーのもあるっぽかったし。どーよ？」

琉花が声をかけると、銀華は目を見開きながら言った。

「まさか、そんな誂《あつら》えたような製品があるとは……」

驚く銀華を見て愉快になる一方で、実は琉花も驚いていた。まさかこんなピンポイントなものがあるなんて。こんなニッチな知識が生かされるなんて。めいりのモデル話の愚痴を聞いてよかった。

銀華はおそるおそるボレロを手に取り、壊れ物のように慎重に裏表を確かめた。

「し、しかし、ふわふわしていて安定性を感じないな。やはりウェットスーツに……」

「そんだったら、シュラッグとかもあるよ?」

「しゅらっぐ……?」

「ボレロよりも前側が短いやつで、アームカバーとかショルダーレットって名前もあったはず。あれのキツめなのつけてけば、腕が見えることはないっしょ。つか、シンプルにカーディガンでもありだね」

「い、色々……あるのだな……」

感心したように呟く銀華。水着問題についてはこれ以上反論がないらしい。

ということは、つまり、

「つーわけでぇ……銀姐《ねえ》さん、ビキニ、いっすか?」

琉花が半目で見つめると、銀華は、う、と喉を詰まらせた。

「いや、しかし……まだボレロやシュラッグを試していないわけであるから、確定的な返事はできないというか……」

「ビ……キ……ニ……」

「ム……?」

「ビィィィ……キィィィ……ニィィィ……」

「……わかったわかった。私の負けだ。だから、耳元で妙な声を出すのはやめてくれ」

銀華がうなだれつつハンガーからボレロを外した。琉花の情熱が勝利した瞬間だった。

イエーイ！　やったったぜ～！

「じゃねー！」

「ああ、また明日、学校で」

街から帰った琉花たちは盛黄家の前で別れた。

駅前で分かれてもよかったが、かつての事件の影響もあり、ふたりだけで遊んだ時は盛黄家前での解散が習慣になっていた。

立ち去っていく銀華を見送った後、琉花は和風の一軒家に向き直った。

盛黄家は古い。隣家のほとんどが洋風にリフォームされているため、その古さは浮き上がっているように見える。かといって古民家というほどの渋さもなく、前時代の遺物と言ったほうがふさわしい状態であり、まったくイケていない。

でも、やっぱなんか好きなんだよなー。

自分の感想に同意の頷きを返しながら、紙袋片手に自宅の引き戸に手をかける。

「まーす！」

琉花が引き戸を開けきると、廊下の明かりが目に入った。

珍しく母がいることに胸を高鳴らせていると、居間に続く場所から琉花とよく似た顔がにゅっと飛び出した。

「あ、琉花ちゃ～ん。おかえひぃ～。ご飯できてるよぉ～」

眠気混じりのとろけた声。琉花の母、盛黄涼子《りょうこ》だ。

「今日のおでかけ楽しかったぁ～？」

「ん、鬼楽しかった！」

「それならよかったぁ～。ふぁぁ……」

帰宅した娘に対して涼子は気の抜けたあくびを披露した。

涼子は付近の病院で看護師をしている。人手不足の影響で業務時間が定まっておらず、家にいる時はたいていい眠たそうにしていた。

琉花が玄関に紙袋を置いて靴を脱いでいると、涼子が廊下に出てきた。

「なに買ってきたのぉ～？」

「水着っす。期末《きまつ》テストも終わったし、海の準備！」

「あ～、もう夏休みか～。い～ね～。青春って感じするぅ～」

涼子に言われて、琉花の夏休み欲が膨張した。

日が沈んだというのに、体の熱が高まってくる。夏休みに入るまではまだ何日かあるとわかっているのに、胸の鼓動が抑えられない。

頭がギュルギュル動き、口元がゆるみ、体がそわつく。

「か、買ったもん部屋に置いてくる！」

「ふぁ～い」

あくび混じりの涼子の脇《わき》を通って自分の部屋を目指す。

海に行こう。祭りに行こう。遊園地に行こう。バーベキューしたり、旅行に行ったりしよう。ライブやフェスにも行きたいのでチケットを予約しよう。たまにはクラブに足を運ぶのもいいかもしれない。予定がきつきつで、金欠になるのは間違いなし。アルバイトのシフトもたくさんいれなくちゃ。

「あー！　花火！　花火はマストだー！」

自室に入り、紙袋と一緒に豹柄《ひょうがら》ベッドに飛び込んだ。

ホワイトブロンドの髪がベッドの上でぶわっと広がり、呼応するように夏休みの予定が広がっていく。

顔がにやけて仕方がない。めいりやひなると平日に遊べることが嬉しい。速水《はやみ》ちなみのような他グループに属するクラスメイトや中学時代の友人、卒業した先輩たちと遊べるかも。

そしてなにより、銀華と。

銀髪銀眼の美少女であり、最強のヴァンパイアハンターであり、命の恩人であり、大切な友人。彼女と一緒に夏を送れることが楽しみで仕方がない。

感情に任せたままベッドで暴《あば》れ倒した琉花は、ご飯食べたいから戻ってきてぇ〜、という涼子の声でようやく自分が空腹だということを思い出した。


休日が明けて月曜日になった。

洗顔とメイクを終えた琉花は、新調した三十二ミリのヘアアイロンで髪にカールをかけた後、気合を入れるように学生服の袖《そで》をまくった。

琉花の通う都立飛燕高校の夏服は長袖と半袖から選ぶことができる。冷房が効きすぎた時の対策や単純にかわいいという理由から、基本的に女子は長袖を選択する。もちろん琉花も長袖派だ。

スクールバッグを背負って外に出ると、強烈な日差しが琉花に降《ふ》り注《そそ》いだ。

「あっはっはー！　アチアチすぎ！」

思わず笑い声が出てしまう。

立っているだけで蒸し暑いし、セミの鳴き声もうるさい。それなのにまったく気にならない。だってもうすぐ夏休みなのだ。この暑さを楽しむくらいの気構えでいかなくては。

琉花が軽い足取りで通学路を進んでいると、すらっとした体型の黒髪女子が見えた。

「お、めいじゃーん！　はーっす！」

「おはよ……」

黒髪の少女が振り返ると、紫色に染められたインナーカラーが見えた。

めいりは琉花の中学時代からの友人であり、ファッション雑誌の読者モデルでもあった。彼女も琉花と同じように長袖の夏服を着て、鎖骨が見えるほど着崩していた。銀色のネックレスがブラウスの間で揺れている。

「なんか登校する時に会うのレアくね？」

「あー……そーかも……」

「めい、相変わらず朝弱すぎっしょ！」

琉花が笑いながら言うと、めいりは面倒くさそうに口を開いた。

「ウチが低いんじゃなくて琉花がハイってだけだから。なに？　男でもできた？」

「ちゃいますてー！　シンプルに夏休みが近いからですってー！　サマータイム到来ッ！　テス勉ともサヨナラバイバイッ！　たははー！」

「う、うるさい上にウザい……」

めいりのリアクションに罪悪感が湧《わ》いて口を閉じた琉花だったが、肩の揺れは全然押さえられなかった。

通学路を歩く生徒たちが普段と同じ態度なことが信じられない。もっと喜んでもいいのに。みんな夏休みのことを忘れてしまったのだろうか。

めいりと歩いていると、道の先にちんまりとしたシャンパンピンクのツインテールが見えた。珍しいことは重なるらしい。

「お！　ひなるだ！　おーい、ひなるー」

琉花のクラスメイトのひなるは、ダンス部に所属するだけでなくダンス教室にも通う正真正銘のダンス女子だった。長袖ブラウスの上にピンク色のスクールベストをつけているのは透けることを気にしているのか、単純にかわいいからか。

琉花の呼びかけにひなるは反応を示さなかった。いつもの元気な声や特徴的な語尾が返ってこないことに少し不安になる。

「あれ？　おひなー？　ひなもん？」

名前を呼びながら駆け寄ると、ひなるの耳についているワイヤレスイヤホンが見えた。彼女はスマートフォンを見ることに集中しているようで、琉花には気づいていなかった。

なに見てんだろ？

琉花がわずかに顔をよせると、そこで自分に近づく存在に気づいたらしく、ひなるはスマートフォンから顔を上げてイヤホンを外した。

「るかちん、おはだも」

「あ、うん。おはよ」

ひなるに気づかれて琉花はたじろいだ。友人だからといって黙って画面を覗き込もうとするのは失礼だ。我ながらテンション上がりすぎか。

琉花がまごついていると、後からやってきためいりが率直に聞いた。

「ひな、なに見てたの？」

「んー……ま、隠すことでもないし、ふたりにも見せとくも」

そう言うとひなるはピンクカバーのスマートフォンを琉花とめいりに向けた。

画面にはオーチューブというサイトが表示され、女性が映ったムービーが流れていた。いきなり街中でダンスを踊って周囲の反応を楽しむというドッキリ企画らしく、かなりの再生数と評価数を持っていた。

琉花は面白《おもしろ》そうな動画だと思ったが、ひなるの顔は難しかった。

「なんかー、この人がヒエコーのダンス部とコラボしたいって言ってて。金曜からずっとどんな人なのかな～って調べてるんだも」

「えっ、インフルエンサーとコラボってこと？　すごいじゃん！」

インフルエンサーとはＳＮＳや動画サービスで影響力を持つ人物のことだ。そういった人物とコラボ動画を撮るということは、飛燕高校のダンス部の知名度が上がるということを意味している。

興奮する琉花に、ひなるは細かく首を振った。

「ひなもすごいとは思うけど、いきなりオッケーするのは危険だも。再生数もフォロワーも多めで事務所にも入ってるっぽいけど、他のＳＮＳもチョーサしないと……」

「な、なーほーね……」

ひなるは基本的に軽い性格だったが、ダンスが関わると途端に用心深くなった。それほどダンスに真剣ということだろうか。なんとなくという理由でダンス部に在籍している琉花は少し引け目を感じてしまう。

夢、という文字が頭に浮かんだ。

それはダンスに熱を入れるひなるやモデル活動に励むめいりは持っていて、琉花は持っていないもの。先月末の事件から見つけたいと考えているもの。

後ろめたさを覚えつつひなるのスマートフォンを眺めていると、突然琉花の頭に衝撃が走った。

もしかしたら、自分が進む道はこれかもしれない。

いや、これしか考えられない。

琉花はスカートの裾《すそ》をつまみ、頭に浮かんだことを言った。

「そ、そーだ。あたし、インフルエンサーになってみよっかなー」

「「それだけはやめとけっ!!」」

ふたりの強めの否定に足が止まる。

呆《あき》れられて笑われるくらいだと思っていたのに、この反応はどうしたことだろうか。だるそうだっためいりの目がぱっちり開き、ひなるの集中がすべて琉花に向けられている。

生徒たちが通り過ぎていく中、めいりとひなるは気まずそうな表情を見合わせた。

「じゃ……まずダンス担当大臣から」

「任せるも」

ひなるは咳払《せきばら》いをすると、スマートフォンを操作して、サムネイルが大量に映っている画面を突き出してきた。

「るかちん。ここになにが見えるも」

「オーチューブのサムネ……」

「このサイトにはたっくさんのインフルエンサーがいるも。でもバズってるインフルエンサーはちょびっとで……レッドオーシャンってやつだも」

「れっどおーしゃん?」

赤い海を意味する言葉に琉花が首をひねると、ひなるは画面をインストやディップズィップなどの他のSNSに切り替えた。

「レッドオーシャンってのは、人がい〜〜〜っぱいで入り込むヨユーがない界隈って意味だも。ダンスもモデルもイラストも、もう色んな人がいるし、プロレベルが当たり前。もうＪＫがダンスしてるだけじゃダメで……ハードル激高だも」

真面目《まじめ》すぎる意見になにも言えなくなる。

飛燕高校ダンス部のショートムービーもそれなりに再生数を持っているが、それはあくまで素人動画の中ではだ。本格的なインフルエンサーやプロの作品と比べると天と地ほどの差があるといえる。

「ま、新しめのＳＮＳだったらチャンスがなくもなくもなくもないかもだけど……でも、これ以上はひなのキャラじゃないんで、モデル担当大臣お願いだも」

ひなるが後ろに下がると、めいりが前に出てきた。いつの間にかメガネをかけている。めいりの視力は悪くないので、あれはきっと伊達メガネだろう。

「琉花、確かにあんたはかわいいし、メイクのセンスもあるよ。ダンスもまあまあできっし、声もいい。勉強以外じゃ頭の回転も悪くないと思う。だから、運がよければ本当にインフルエンサーになれるかも」

「え、ガン褒めじゃん。応援してくれる感じ？」

「……でもさ」

めいりの声が低くなり、琉花の中の淡い期待が一瞬にしてしぼんだ。

「あんた、ディップズィップもインストもアカウント作ったきりでぜんっぜん更新してないし、そもそもネット慣れてないでしょ。あーいうのってケーゾクしてコンテンツを作らないとすぐに飽きられっから。ノリだけで生きてるあんたにSNS運営は無理。炎・上・確・定」

「ぎゃっ！」

「ちなみにあたしの意見の百倍厳しいのが世間だから。この厳しさに耐えられなくちゃ万バズなんて夢のまた夢。かわいいだけじゃやってけないよ」

「う……う……うえぇ～……」

めいりの意見は正論すぎた。中学からの仲だけあって琉花の性格をよく知っている。言い返すすべがない。

琉花はがくりと肩を落とすと、ひなるとめいりの間を音もなく通り抜けた。

「ううう－、朝から超泣けてくんすけど～……せっかく夢が見つかったと思ったのに～……」

夏休み直前にここまでへこまされるなんて。調子乗りまくっていた天罰なのか。

琉花がとぼとぼ歩いていると、めいりとひなるが背中をぽんぽんと叩《たた》いた。

「てか、琉花さ。こないだも夢とかなんとか言って病み期入ってたけど、変に焦《あせ》ると危ないし、まだまだそのままでいーって」

「同い年《おない》に子ども扱いされてるんすけど～」

「実際子どもだも。体以外」

「ひなにセクハラされたんすけど～。ひなハラなんすけど～」

へこまされたふたりに慰められるというおかしな状況を送りながら、琉花は飛燕高校へ向かって足を進めた。

「……なんか人集まってね？」

めいりの呟きに顔を上げると、飛燕高校の校門前に小さな人だかりができていた。登校してきた生徒たちが足を止めて一方向を見つめている。

「あ、銀ちゃんだも」

生徒たちの隙間から四十七銀華が見えた。銀華は女子にしては珍しく半袖の夏服を身につけて、夏にしてはありえないことに黒タイツを履《は》いていた。

無表情で一点を見つめる銀華を見て、琉花は不安に包まれた。まるで復学したての時のような警戒心を示す表情。なにかが起きている。

「あれ、誰？」

めいりの声で、琉花は銀華の前に小柄な少女が立っていることに気がついた。

その少女は後ろでまとめた赤い髪と張りのある小麦肌を持っていた。異様なことに、少女は顔以外を覆うような黒い服を身に着け、髪には十字架をモチーフにしたアクセサリーを、耳に黒いピアスをつけていた。

「貴様が日本に来るとはな……手短に要件を言え」

銀華の声には明らかな敵意が含まれていた。彼女が刺々《とげとげ》しい調子で話す時の相手の属性は決まっている。

あの子はヴァンパイアハンターだ。

「〝銀の踊り子《シルバーダンサー》〟様、要件は先ほどお伝えした通りです」

少女は銀華のヴァンパイアハンターとしての二つ名を口にして、ヘーゼルカラーの瞳で銀華の胸あたりを見つめた。

「狩人同盟にご帰還いただきます」

二章 ブリーチなしでカラーいれてもうまくいかない

日本で夏を過ごすのは久しぶりだ。

去年の今頃《いまごろ》は南欧でヴァンパイアと戦い、一昨年の今頃は中東で眷属《けんぞく》を狩っていた。よく考えれば高校一年生の時はほとんど登校していなかったのに、どうして二年生に進級できたのだろうか。

改めて、戦い漬けだった自分がここにいられることを奇跡だと思う。

復学したては馴染《なじ》めずトラブルを起こしてしまった飛燕高校での生活も、一ヶ月を過ぎるとぎこちないなりに慣れてきた。今でも周りを困惑させてしまうことはあるが、その度に琉花がフォローしてくれるおかげで大きなトラブルになることはない。

盛黄琉花《もりきるか》。

明るく元気で、落ち込んでもすぐに立ち直る。表情がころころ変わり、もめごとを見れば放っておけない、今まで会ったことのないタイプの少女。

彼女のおかげでめいりやひなると仲よくなれたし、速水《はやみ》ちなみや教師たちとの関係も改善できた。衝動的に動いてしまう彼女の気質は心配になるが、それは自分がフォローする番だ。

七月中旬になり、二学期末のテストが行われた。

久しぶりの学力テストだったが、それなりに回答できた実感があった。疎遠な両親に一方的に契約させせられた通信講座の成果が出たのだろうか。今度礼のメッセージでもいれておこうか。いや、驚かせてしまうだけなのでやめておこう。

なにはともあれ、あとは夏季休暇を待つばかり。

テスト終わりのカラオケで、夏季休暇は勉強や鍛錬に費やすつもりだ、と言うと、真面目《まじめ》すぎると琉花たちに叱られた。彼女たちいわく、高校二年生の夏は一度しかないので、遊びの時間も大事にするべきだということらしい。一理あると頷《うなず》いていると、なぜか水着を買わされることになった。今になっても肌を出すことが女子力に繋《つな》がるという琉花の考えには納得がいかない。

月曜日になり、琉花の女子力理論についてめいりやひなると議論しようと考えながら登校すると、飛燕高校の前にひとりの少女が立っていた。

炎のような赤い髪。ヴァンパイアハンター訓練生に支給される喪服じみた黒い服。遠目から見ても彼女の正体はすぐにわかった。

コンスエラ・ペルペティア。

まさか彼女が日本に来るとは。

もしかすると夏季休暇を楽しむことは難しいかもしれない。

◆　◆　◆

校門の前で銀華《ぎんか》と赤髪の少女が向き合っている。

ただならぬ空気を感じて琉花は一歩も動けないでいた。それは琉花以外も同じで、めいりやひなる、周りの生徒たちも同じように固まっていた。

「衆目の下で二つ名を出すとは。口を縫い付けられたいのか？」

銀華の酷薄な声を聞いて、赤髪の少女は足元を不自然に動かした。

「失礼いたしました。ですが、この度の連絡は組織にとっても重要なことですので、ご自覚をお持ちいただくためにも二つ名を口にすべきと指令を受けておりまして……」

「そうか。私が許可を下すまで口を閉じていろ」

「はっ！」

少女はぴしりと姿勢を正すと小さな口をぎゅっとつぐんだ。彼女たちの力関係は一目でわかる。銀華が上で、少女が下だ。

銀華は短く息をついてから、スクールバッグをまさぐり始めた。

「場所を変えるぞ。ジグ・ジョグは習得しているな？」

銀華の問いかけに少女は無言で頷く。銀華の命令を守っているらしい。

「ならば、私についてこい」

銀華がバッグから手を引き抜くと、頭上に小さな小瓶《こびん》が飛び出した。透明なガラスの中で銀粉の光がきらきらと輝いている。あれは聖銀の粉だ。

小瓶が大きな炸裂音を鳴らして爆散すると、周囲はまばゆい光に包まれた。

「うえっ！」

目が閉じて琉花の体が縮こまる。

かつて聖銀の粉を渡された時は、ヴァンパイアや眷属に対して投げて使うものと教えられた。ヴァンパイアハンターが使うと光や音を放つこともできるのか。

まぶたの裏から光が収まったことを確かめ、薄目を開いていくと、校門の前から銀華と赤髪の少女の姿が消えていた。

「うっせー……なんだ今の。爆竹？」

「あれ、さっきまであそこにいた子たちが……」

「手品？　手品部なんてヒエコーにあったっけ？」

他の生徒たちも立ち直ったようで、不思議そうに周囲を見渡している。

琉花は強烈な既視感に襲われた。ヴァンパイアハンターの訪問。姿を消す銀華。これでは一ケ月前の事件の繰り返しだ。

追いかけないと。

「ふたりとも先行ってて。あたし追いかけてくる」

琉花が言うと、ひなるが小さく両手を広げた。

「そんならスクバ預かっとくも」

「わ、さんきゅ！　後で抱きしめたるも！」

「いらねーもー」

スマートフォンを取り出し、スクールバッグをひなるに預ける。

「んじゃ、行ってくるわ！」

「琉花。あんた走る時ケッコー下着見えてるから気ぃをつけな」

「見られて減るもんじゃないいんでだいじょーぶっす」

「それはそれでどうなの……」

呆《あき》れるめいりをよそに琉花は走り出した。

ふたりの姿がなくなったのは祓気《ふつき》の力で高速移動をしたからだ。一般人である自分が追いかけられる可能性はほとんどないだろうが、それでも頑張るしかない。人が隠れられる路地なんて限られている。迷うよりも足を動かそう。

――祓気の力で？

スマートフォンを操作して、ひとつのアプリを起動する。

ヴァンパイアサーチアプリ。狩人同盟が開発したアプリケーションで、周囲の電子機器をソナー代わりにして、ヴァンパイアや眷属、祓気を使用している狩人の位置を特定する。これが開発されたことでヴァンパイアハンターとヴァンパイアの戦い方は激変したらしいが、今はどうでもいい。

アプリのマップを拡大表示し、小さな画面に目を走らせる。一ヶ月前の事件をきっかけに銀華に無理矢理入れられたアプリには、祓気を使用している狩人を示す青色の点がふたつ表示されていた。

銀華とあの子だ。

マップを見る限り、ふたりはそれほど遠くに行っていなかった。青点の痕跡をたどっていけば歩いても追いつける。

スマートフォン片手に琉花が路地裏に入っていくと、視界の端に銀色のきらめきが見えた。

「改めて忠告しよう。私に嘘《うそ》は通用しない」

狭い路地裏で銀華が赤髪少女と向き合っていた。

恐ろしいことに銀華の片手には銀色に輝く槍が握られており、それは少女の首元に向けられていた。

「目的を吐け。貴様もデイヴィッドのような頭がウジに巣食われたようなくだらない計画を企《くわだ》てているのか？」

「ル、〝透眼通《ルシドボヤンス》〟様に対してそのような呼称は〝銀の踊り子《シルバーダンサー》〟様といえど……」

「難癖《なんくせ》をつけるな。早急に答えろ」

冷酷な表情と殺伐した口調。今の銀華は完全な狩人モードだ。答えなければ顎《あご》を割るだとか指を切り落とすだとか言いかねないし、実行しかねない。

「なーにやってんのっ！　なーにやってんのっ！」

琉花が高めのテンションで近づいていくと、ふたりのヴァンパイアハンターは目を見開いた。部外者の一般人が追いかけてくるとは思っていなかったらしい。

「琉花、近づくな。こいつから情報を引き出さなければいけない」

「いやいやいや。見た目やべーから。カツアゲだから」

「前回は躊躇して被害を拡大させた。ここで手を抜くことはできない」

『前回』と言われてデイヴィッドのことを思い出す。あの時の銀華も殺伐とした口調だったが、ここまで攻撃的ではなかった。気にしている、ということだろうか。

「や、それでももうちょい優しくしてあげてよ。おん……おん」

「穏便か？」

「それそれ」

被害を広げたくない、防ぎたいということには同意できるが、やり方が乱暴すぎる。銀華ならもっと上手《うま》くできるはずだ。

琉花がじっと見つめていると、銀華はしぶしぶ槍を下げていった。どうやら思いが通じたらしい。

琉花が安心していると、銀華が少女に向けて指を払った。自己紹介せよ、ということらしい。

赤髪の少女は琉花に向かい合うと、礼儀正しくお辞儀をした。

「はじめまして。盛黄琉花様。私はコンスエラ・ペルペティア。狩人同盟に所属するヴァンパイアハンターです。お見知りおきを」

「お、はじめまして。よろしくー」

話を返しながら琉花は気がついた。なぜこの子は自分の名前を知っているのか。

不思議に思っていると、少女は横目で銀華のことをうかがってから言った。

「あなた様のお名前はシル……ギンカ様のご報告で聞きました。私のことはどうぞスエラとお呼びください」

「あー、なーほーね。おっけおっけ。スーちゃん、よろしくね」

「はい。よろ……すーちゃん、とは私のことでしょうか？」

「あれ、すえぴとかのほうがよかった？　すえぷとか？　つか、スーちゃん日本語うまくね？デイヴィッさんのときも思ったけど、ヴァンハって頭いー人多すぎっしょ」

「で、デイヴィッさん……？　ヴァンハ……？」

「琉花、話題が横道にそれている」

銀華の注意で湧《わ》き上がった関心を抑えつけられる。

スエラのことは気になるが、この場は早めに話を切り上げたほうがいいだろう。そうしなければ一時限目に間に合わなくなってしまう。

「あ、そだ。スーちゃんさ。さっき校門で銀華に言ってた帰ってこい的なやつってなんなん？」

琉花が話題を誘導すると、スエラは言いにくそうに話し始めた。

「……先日の事件について、ハンターの情報を外部に漏洩《ろうえい》したことやヴァンパイア復活同盟なる危険組織と接触したことで、狩人同盟はギンカ様に要注意人物指定を下しました。私がこちらに参じたのはギンカ様を監視するためです」

スエラの話を聞いて、銀華は険しい顔を浮かべて言った。

「……戒律違反の件は緊急事態下での判断として許されたはずだ。ヴァンパイア復活計画についても知りうる限りの情報はすべて渡したと思うが」

「もちろん、狩人同盟もギンカ様が率先して戒律違反を行ったり、危険組織に迎合したりしたとは考えていません。ですが、あなた様は最強のヴァンパイアハンター。噂《うわさ》といえども影響力は強いため、組織としては完全否定しておきたいのです」

「なので、狩人同盟は貴様に私の監視を命じた、ということか？」

「はい……その通りです……」

気まずそうに答えた後、スエラはますます申し訳なさそうに続ける。

「ギンカ様がこの監視を煩《わずら》わしくお思いなさるのは当然です。監視されている限り行動は制限されますし、監視下のストレスは窮屈に感じますので……わ、私の提案はそれらを解決するためです。組織のどこかに身を置いていれば監視の必要はなくなりますし、疑いが晴れる期間も短く……」

「狩人同盟に復帰する気は毛頭ない」

銀華が切り捨てるように言うと、スエラの顔が暗くなった。

狩人同盟に帰れば監視の面倒くささから逃れられる。スエラの「狩人同盟にご帰還いただきます」の意図はそういうことらしい。

「監視の期間はどの程度だ？」

「一ヶ月程度です」

「なるほど……貴様が監視役というのは未《いま》だに納得していないが、ひとまず監視については承知した」

「や、承知すんなて！」

琉花が叫ぶと、銀華とスエラが困惑顔を浮かべた。

いきなり大声を出してこのあたりに住んでいる人たちに悪いと思ったが、ここは琉花も引く気はなかった。

なぜ銀華がこんな扱いを受けなければならないのか。

「銀華に戒律違反させたのはあたしだし、こっちはデイヴィッさんに襲われた側だって！　噂とか気にしなきゃいーじゃん！　監視なんてヒツヨーナシナシ！」

前回の事件で、銀華は最初から最後まで被害者だった。

本来対応しなくてもいいにも拘《かか》わらず、同じ被害者である琉花を守り、襲撃してきたデイヴィッドと戦い、なんとか平穏な日常を取り戻した。

その報奨が監視だなんて。

以前から思っていたことだが、狩人同盟という組織はおかしい気がする。銀華やスエラのような少女たちを戦わせることもそうだが、デイヴィッドのような人間を野放しにしていたし、戒律なんてものでヴァンパイアハンターたちの生活を縛り付けている。

琉花が狩人同盟に怒りを燃やしていると、ヴァンパイアハンターふたりは戸惑いつつ口を開いた。

「琉花。狩人とはそういうものなんだ。ヴァンパイアの中には姿を自在に変える者や人の精神を操《あやつ》る個体もいたからな。他者を疑うことは狩人の習性といえる」

「戒律にも監視についての項目があります。戦いが終わり、狩人同盟をお離れになったとはいえ、ギンカ様はまだエキソフォースを宿していますので。これがある限り、ギンカ様には戒律に従っていただく必要があります」

「で、でもさ……でもさ……」

琉花が納得できないでいると、銀華はスカートからスマートフォンを取り出し、片眉《まゆ》を吊り上げた。

「ム……めいりからだ。そろそろ授業が始まるらしい」

銀華はそう言うと、祓気で生成した銀槍《ぎんそう》を霧散させた。

そしてスエラを見下ろすと、そばに置いていたスクールバッグを持ち上げた。

「話はこれで終わりだな。私たちは学校へ行く」

「お時間をいただき感謝いたします」

「琉花。行くぞ」

スエラの言葉を最後まで聞かずに銀華は路地裏から出ていった。琉花はその背中を追いかけ、路地のスエラに手を振ってから学校へ向かった。

銀華もスエラもヴァンパイアハンターの理論で動いている。彼女たちとしてはそれでいいのだろうが、部外者の琉花からすると、

「な……納得いかねぇ～……」


二年二組の教室に入るとすでに一時限目の授業が始まっていた。

数学教師に言い訳してから、銀華と分かれて自席に向かうと、机にスクールバッグが置かれていた。いい友人を持ったことに感動していると、後ろの席のめいりに、早く座れ、と注意された。

教科書とノートを机の上に出して教室の前方を見つめる。中年の数学教師がかすれ声で数式の説明をしている。

授業に集中できない。普段も集中しているわけではないが、今日は特段集中できない。

やはり銀華への扱いに納得がいかない。

この間の事件だけでなく、銀華はこれまで頑張ってきた。頑張って頑張って頑張って。血みどろの戦いの果てに平和を勝ち取った。

その彼女を称賛するどころか監視をつけるなんて、狩人同盟とはなんなのだろうか。

琉花と銀華を襲ったデイヴィッド・ハイゲイトいわく、今の狩人同盟の状態はひどいものらしい。リーダーがいなくなったり、利権争いが起きたり、不逞《ふてい》狩人が出たり、全体的な機能が低下しているらしい。

銀華は否定していたが、あながち的外れな指摘ではないのかもしれない。彼らの判断は琉花でさえ違和感を覚えるものだし、中学生のような少女を派遣してくるところを見るに、人材不足は間違いないだろう。

赤い髪の少女、コンスエラ・ペルペティア。

狩人同盟への不満は限りないほどあるが、あの少女には不思議と腹が立たなかった。

彼女は命令に従っているだけだし、銀華と向き合った時の態度からも組織内の彼女の立場が高くないことがわかる。怒りを抱いても仕方がない。

それに、路地裏を立ち去った時の彼女の表情が気にかかった。

「寂《さび》しそうだったなー……」

スエラの表情は乏しいものの、無表情な銀華に慣れた琉花には彼女が傷ついているように見えた。

そう思うと、ますます狩人同盟への怒りが湧いてきた。なんなんだあの組織。先月に銀華が日本支部に行った時について行けばよかった。

そうして琉花が体をそわつかせていると、めいりに肩を叩《たた》かれた。

「琉花。前の席で肩ゆさゆさすんのウザいからやめて」

「ごめ。おっぱい重くって、つい」

「あー………よくわかんないごまかしもやめて」

琉花が再度、ごめん、と謝罪すると、めいりは溜《た》め息《いき》混じりに教科書に目を戻した。

自分だけで悩んでいても結論は出ない。授業が終わったら銀華に話を聞こう。


一時限目の授業が終わるとめいりが話しかけてきた。

「で、朝の子はなんだったの？」

「あの子はスーちゃん。黒服ガール」

「情報ゼロじゃん」

めいりの呆《あき》れ声に罪悪感が湧いてくる。

だが、ヴァンパイアハンター関連の秘密は漏《も》らさないという約束は継続中なので今朝《けさ》の出来事を話すわけにはいかないし、スエラが黒服を着ていることは嘘ではない。

めいりの疑いの眼差《まなざ》しに琉花が気まずさを覚えていると、銀華がやってきた。

「琉花。ふたりで話したいのだがいいだろうか」

琉花と銀華が同時にめいりを見つめた。会話の途中で行ってしまっていいか、という確認のためのアイコンタクト。

めいりは顔を伏せると、虫を追い払うように手を振った。

「……行ってきな」

「めいり。ありがとう」

「あんたマジでいー女」

「うっさい。早く行け」

拗《す》ねた口調のめいりを背にして、琉花と銀華は教室を出た。

教室移動の生徒たちとすれ違いつつ、人気のない場所を目指す。休み時間は少ない。早く話を済ませなければ。

「このあたりにしよう」

女子トイレを通り過ぎたあたりで銀華が肩を引いた。

トイレ脇《わき》で体を斜めにして、銀華と向き合う。相変わらず顔がいいな、と思っていると、彼女は気まずそうな表情で目礼をした。

艶《つや》めいた唇が謝罪を発する。

「まず、すまない。また君を巻き込みそうになった」

予想外の硬い声をぶつけられて琉花は慌てて両手を振った。

「や、銀華が謝ることないって。あたしが追っかけて首つっこんだんだしさ」

「確かにそうだ。謝罪を撤回する」

「あれっ、マジか」

一度受け取った謝罪を取り返され、琉花が損した気分を味わっていると、

「琉花に言っておくべきことがある」

銀華が周りを気にしつつ言った。

「聞いたと思うが、ここから一ヶ月はスエラが私の監視につく」

「うん」

「なので、しばらく大きな行動は慎もうと思う。遠出や密室での集会……つまり、旅行やカラオケなどには行かないことにする」

「えーーーーっ⁉」

受けた衝撃が大きすぎたせいで体中から声が出てしまった。

女子トイレから出てきた生徒たちがなにごとかと振り返っても琉花の混乱は収まらなかった。

は？　なんで？　意味わかんないんすけど？？？

銀華は無表情のまま、琉花に静かにするように人差し指のジェスチャーをした。

「不用意な行動は不審を生む。なるべくスエラを刺激したくない」

「そ、そーかもだけど……」

「たったの一ヶ月だ。八月半ばには監視は終了している」

銀華があっさりと肩をすくめるが、琉花にとってはやはり衝撃的だった。

夏休み前半が潰《つぶ》れるなんて琉花が練っていた計画が半分潰れたようなものだ。それは期待していた楽しみが半減したことと同じで、簡単に受け止められることではない。

この件についてスエラは悪くない。悪くないはずだが、つい頭に赤髪が浮かんでしまう。

「あんさー、スーちゃんって何者？」

「何者……私と同じヴァンパイアハンターだが」

「や、そーじゃなくて。なんつーかなー……」

なにか引っかかる。

スエラには銀華やデイヴィッドが持っていたような殺伐さや仕事人めいた雰囲気がなかった。

ヴァンパイアハンターらしからぬ少女。それが琉花が受けた彼女への印象だった。

銀華は少し考えるようなそぶりをしてから言った。

「私が知っているのは訓練生時代のスエラだけだ。今のスエラのことはよく知らない」

「そっかー……え、ヴァンハって訓練生なんてあんの？」

「ああ。狩人同盟には教育部門がある。そこで人材を養育し、希望があれば狩人候補として訓練を行う。その後、試験に受かり、戒律に宣誓することで訓練生はヴァンパイアハンターとなるんだ……経緯が少し異なるが、師匠の下で修行している時は私も訓練生の身分だったよ」

「へぇ～……」

新しく知った狩人同盟の制度に驚く。血も涙もない組織と思っていたが、人の面倒を見ることはしていたらしい。ちょっと見直した。

琉花は話題をスエラに戻すことにした。

「そーいや、スーちゃんに銀華の〝銀の踊り子《シルバーダンサー》〟とか、デイヴィッさんのルシ……みたいなやつってないの？」

琉花がシルバーダンサーと口にすると、銀華の顔がこわばった。彼女は自分の二つ名を気に入っていないのだ。かわいい名前なのに、その感覚はよくわからない。

「……スエラに二つ名はない。二つ名は個々人の戦闘スタイルや功績にちなんでつけられるものだからな。実戦に出たことがないあの子は持っていない」

「え、じゃあ、スーちゃんはヴァンパイアと戦ったことがないの？」

琉花が率直に聞くと、銀華は難しい顔で頷いた。

「あの子が訓練生から狩人になった直後に殲滅《せんめつ》作戦が実行された。組織として全力で挑まなければいけないとはいえ、経験不足な狩人を前線に送るわけにはいかないからな。あの子は連絡役や補給部隊を務めていたはずだ」

スエラが二つ名を持っていない理由を聞いて、狩人同盟への好感度がさらに回復した。流石《さすが》に中学生くらいの少女を戦わせない良心はあるらしい。戦地に送っていることには変わらないとしても、その点は認めてあげるべきだ。

いや、それもだいぶひどくね？

琉花が狩人同盟への評価に悩んでいると、銀華が不満そうに呟いた。

「正直、私はスエラがまだ狩人同盟にいることに驚いた。殲滅戦終了後、故郷のメキシコに帰国し、平和な日常を送っていると思っていた……まあ、あの子には込み入った事情があるが……それでも……」

言葉の意味はわからなかったが、銀華なりにスエラのことを思っているらしい。

そんな銀華を眺めるうちに、琉花はもうひとつ聞いておきたいことを思い出した。

「あんさー、銀華ってマジで狩人同盟に帰る気ないの？」

「ない」

即答されて、琉花は驚くと同時に胸をなでおろした。夏休みの予定も半分は無駄にならないで済むようだ。

「殲滅戦後に師匠に言われたんだ。狩人同盟はお前がいなくてもやっていけるから戻ってくるな、とね」

「師匠って、銀ばあだよね？」

「銀ばあ……まあ、そうだ」

静かに頷く銀華を見て、琉花の中にはもやもやしたものが湧いてきた。

じゃ、銀ばあが言ったら戻んの？

琉花がそれを聞こうとした時、二時限目の予鈴が聞こえた。

銀華と教室に戻りつつ、聞けなくてよかったかも、なんて思っている自分に気がついた。


一週間に二、三回の頻度で、琉花は『ビアンコ』という喫茶店でアルバイトをしていた。

学校から近く、給仕服がかっこよく、店員たちもいい人ばかり、という給料以外は高待遇な店で琉花は楽しいバイト生活を送っていた。テスト期間中はバイトに入れなかったが、これからは夏に備えてお金を稼がなくてはいけない。シフト量を増やさないと。

琉花がいつものようにレジやホールの仕事をこなしていると、いつの間にか休憩時間に入っていた。

「マスタ〜、休憩入りやっす〜」

カウンター内のマスターに声をかけると、無言でアイスハニーカフェラテが出された。あざーす、と礼を言ってそれを手に取り、ストローを口にくわえる。

ドリンクの甘さと冷たさを味わいながらスタッフルームに入ると、小さなテーブルの前に黒髪ロングの女性が座っていた。

「ふぁ、ときわさん」

「琉花さん……お疲れ様です……」

自分のスマートフォンと睨《にら》み合《あ》いしていた女性は、胸に手を当てて深呼吸をすると、眼鏡《めがね》の奥から琉花のことを見つめた。

この眼鏡美人は八木《やぎ》ときわ。『ビアンコ』のバイトの先輩で、現役《げんえき》女子大生だ。大学では漫画サークルに入っているらしく、時たまバイト先にタブレットを持ち込んで漫画を描いている。

「どしたんすか？　また漫画が描けないみたいな感じすか？」

ときわの悩みはたいてい漫画が行き詰まっていることが原因だ。

彼女は漫画のインスピレーションを得るため、または気を紛らわすために琉花の学校の話をよく聞いてくる。今回も話したほうがいいのかもしれない。

都合のいいことに話の弾は持っている。期末テストが終わったこと。銀華と水着を買ったこと。夏休みの予定がたくさんあること。夢が見つかったと思ったら見つかっていなかったこと。スエラと会ったこと。

琉花がどれを出そうかと考えていると、ときわはぎこちない笑顔を浮かべた。

「いえ、漫画自体はもうできています。入稿もできていますよ」

「マジ？　よかったっすね！」

ニューコーの意味はわからないが、尊敬する先輩の生活が順調ならそれだけで嬉《うれ》しかった。

だが、それならばなぜ彼女は難しい顔をしていたのか。

「それで、その漫画で来月の大きなイベントに参加するのですが……頒布内容をSNSで告知しなければならなくて……私、文章を考えることが苦手で……」

来月に大きな漫画のイベントがあるというのは琉花でも知っていた。小さい頃からテレビのニュースで流れていたし、それについて話しているサブカル好きのクラスメイトもいた。

しかし、琉花の驚きは別の場所にあった。

「へぇー！　ときわさんもSNSやってたんすね。なにやってるんすか？」

琉花の関心はときわのスマートフォンに向いていた。

ときわとも長い付き合いになるが、彼女がSNSをしているなんて知らなかった。今までディップズィップやインストの話題を振っても曖昧《あいまい》な態度しか返さなかったので、なにもやっていないと思いこんでいた。

琉花が迫ると、ときわは気まずそうな表情を浮かべて言った。

「ツ、ツイスタです……」

Twister《ツイスタ》とは短文をメインとしたSNSだ。リアルタイムでの情報収集やニュースの共有に優れており、企業が運営するアカウントも多い。動画メインのディップズイップや画像メインのインストと比較すると年齢層がやや高めだとか。

漫画みたいな画像メインだったらインストの方がいいんじゃないかな、と思いつつ、琉花はほとばしる好奇心のままときわに言った。

「見してもらってもいーっすか?」

「やです。絶対やです」

「えーっ!　なんでーっ⁉」

強めの拒否に強めの疑問で返すと、ときわは、ぐっ、と歯を食いしばり、覚悟を決めたような顔つきで琉花に言った。

「る、琉花さん……私のツイスタは日常と紐付《ひもづ》けないことにしているんです……だ、だから、日常のことは書き込みませんし……日常で関わる人にも知られたくないんです……!」

「日常を知られたくない……?　えっ、じゃあ海に行ったりした時どーするんすか?　写真とかVＬogもあげないんすか?」

「……そもそも漫画サークルが海に行くと思いますか?」

「嘘っ⁉　行かないんすかっ⁉　大学生なのにっ⁉」

「うっ……その疑問がひたすら眩《まぶ》しい……」

ときわが衝撃を受けているようだが、琉花も同じくらい衝撃を受けていた。

大学生の遊びは高校よりもアップグレードされているものと思っていたのに、遊びに行かない大学生がいるなんて。というか、夏なのに海に行かない人がいるなんて。

琉花が口を半開きにしていると、ときわはもにょもにょと呟いた。

「じ、実は予定されていたのですが……私は参加しないことにしたと言いますか……」

「は？　なんで？　もったいな！」

「面倒くさくて……というか、漫画サークルなのに海って……わけわかんないですよ……」

理解の及ばない答えに琉花の体がのけぞった。

なぜ遊びに行くことが面倒くさいのか。意味不明だ。漫画サークルだから海に行ってはいけないとでもいうのだろうか。

いや、ときわさんは意味ないことなんてしない！

琉花は姿勢を戻すと、気を取り直してときわを見つめた。

自信なさげに振る舞ってはいるが、ときわが美人ということは疑いようがない。きれい系のメイクはキマっているし、スタイルもすらりとしている。その気になればかなりモテるはずなのに、今まで彼女から恋人ができたなんて話を聞いたことがない。

そこで琉花は、ときわが漫画家を目指していることを思い出した。

そう考えれば彼女の行動も理解できた。遊びに行ったり、恋人をつくったりすることは時間の無駄。そんなことをするくらいならば漫画について時間を割くべし、ということか。なんというストイックな姿勢。自分には真似できそうもない。

琉花は先輩への尊敬心を高め、体を震わしながら頭を垂れた。

「やっぱ、ときわさんはかっけーっすね！」

「え、どこが？　ただ面倒くさがっただけなんですけど……」

「ときわさん。あたし、マジに応援してるんで！」

「な、なにを……？」

「頑張ってください！」

「だからなにを……？」

困惑するときわの前で、琉花は満足感たっぷりにドリンクを啜《すす》った。

アルバイトが終わっても日が沈んでいないと得したような気分になる。

シフトの時間も家までの距離も変わっていないので本当は得も損もしていないのだが、それでも気持ちが高揚した。夏の空気が体を包んでいる。

帰り際、琉花はコンビニエンスストアに寄って棒付きのアイスクリームを買った。

ゴミ箱の前で箱を開き、袋からアイスを取り出す。チョコレートでコーティングされたバニラアイス。茶色に妖《あや》しく光るそれを口に突っ込んで、琉花は帰路への足を進めた。

舌の上でアイスが溶けて、ひんやりした甘みが体をほぐしていく。バイトの疲れがゆるゆると癒《いや》されていく。体が軽くなり、その場でステップを踏む。ダンス部で習った動き。

「よっ……ほっ……んー、今度ダンス部に顔出すかー」

暇な時にダンスの自主練はしているが、大勢と合わせなければ上手く踊れているかわからない。夏休みの予定もあやふやなものになっているし、そろそろ部活に出ないと退部させられるかもしれないので、次のダンス部の活動には必ず出席しよう。

銀華の監視は一ヶ月続くらしい。

それは別の見方をすれば一ヶ月耐えれば、元通りの日常が帰ってくるということである。下手に事態を荒立てれば監視期間が伸びる可能性もある。

でも、やっぱり、もどかしい。

銀華は監視に納得していたが、不満に思っていないわけではなかった。スエラが持ち出した監視の理由や提案にはある程度の抵抗を見せていたし、その表情はいつも以上に硬かった。

友人が困っているのに自分にはなにもできない。それを突きつけられているようで苦々しい心地になる。

「これがセーシュン……?」

変なことを呟きながら、唇についたチョコを舐《な》め取る。リップに影響してしまうが、もう家に帰るだけなので気にしなくてもいいだろう。

軽い足取りで家の近くの路地に入った時、尾骨のあたりがぐっと動いた。

アイスを飲み込みながら振り返る。後ろには誰《だれ》もいなかった。

またストーカー？

今日の接客中のことを思い浮かべ、ストーキングするような男性客がいたかを思い出そうとする。よくわからなかった。考えるだけ無駄な気がする。

じゃあ、眷属……なわけないか。

銀華たち狩人同盟の働きによってヴァンパイアは絶滅した。いくら琉花が誘引血《テンプテーション・ブラッド》というヴァンパイアや眷属を引き付けやすい体質だとしても、製造元がいなければ眷属がいるわけがない。

あ、でもデイヴィッさんがやったみたいな方法だったら眷属作れるんだっけ……？

デイヴィッド・ハイゲイトはヴァンパイアの血を盗み、小動物に注入することで眷属を作成した。あれを思い出す限り、眷属の作成にヴァンパイアは必要ない。

「んー……ふぁ、一応《ふぃちよー》ね」

アイスクリームを口にくわえたままスマートフォンを操作して、ヴァンパイアサーチアプリを起動する。これを見れば一目瞭然だ。ヴァンパイアならば赤点。眷属ならばオレンジ点で表示される。

むしろ人間だったほうがこえーか、と思いつつ琉花がスマートフォンを操作していると、電柱の陰から赤い髪の少女がとてとてと出てきた。

「あれ、スーちゃん？」

アイスクリームを口から離して名前を呼ぶと、少女はびくりと小さな肩を揺らした。あれは間違いなくコンスエラ・ペルペティアだ。

路地の中央に姿を表したスエラは気まずそうにその場で立ちつくしている。

「どしたんこんなとこで。こっちおいでよ」

琉花が手招きすると、スエラはまごつきながら近づいてきた。銀華といた時よりも気弱さを感じる動き。あの時は任務ということで気を張っていて、こちらが素なのかもしれない。

「こ、こんばんは。も、盛黄様……」

「様て。琉花でいーよ」

「では……る、ルカ様と……」

「様づけマストなんだ」

琉花が笑っていると、スエラは恥ずかしそうに目線をさまよわせた。

あれ、この子、超かわいくね？

狩人同盟の使者ということや喪服のような黒服のインパクトに囚われていたが、スエラには小動物的なかわいらしさがあった。くりくりとしたヘーゼルカラーの瞳《ひとみ》や成長途中の肉体にはつい触れたくなる魅力がある。

「大変失礼で、不躾《ぶしつけ》で、恐縮に思うのですが、ルカ様に折り入ってお願いがあってこちらに参りました」

「うん、なになにー？」

「ギンカ様の説得にご協力していただけませんか」

スエラの愛くるしさに気が散っていたこともあって、なにを言われたのか理解するのに時間がかかった。説得とはなにを指しているのか。

今朝のスエラは銀華に狩人同盟にご帰還いただきたいと言った。

その後の話を聞くところ、帰ってきて欲しいという発言は監視を早く終えるための提案であり、銀華に否定されればすぐに引き下がるような弱い意見だった。

だからこそ琉花も重要視していなかったのだが、今のスエラの真摯《しんし》な目を見ると、それが早まった判断だったと思った。

彼女は真剣に銀華に狩人同盟に戻ってきて欲しいと考えていて、真剣に琉花に銀華を帰すための協力を願っているらしい。

「……マジ？」

三章　だべりディベート

　その日の授業を終えると、銀華《ぎんか》はすぐに帰宅した。

　住まいであるマンションに入り、内通路を抜けてドアを開けると、殺風景なリビングが出迎えた。ひとり暮らしを始めてから新しい家具を買っていないのでこの光景は当然だ。それじゃ寂《さび》しい、ということで琉花《るか》がぬいぐるみを贈ってくれたが、それは寝室に置いているので、結局リビングは殺風景のままだ。

　自室で部屋着に着替えていると空腹の予感が訪れた。なにをするにしてもまずは食事をとってからにしよう。

　リビングに戻り、冷蔵庫から夏野菜のサラダを取り出して玄米パンとともにテーブルに並べる。トマトスープのレトルトパウチを湯煎し、深皿に流し込んでいく。深皿をテーブルに運んでいく最中、トマトスープの色がスエラの髪と重なった。

　銀華の記憶にあるスエラは訓練生の姿をしていた。

　狩人同盟の施設で訓練を行っていた頃のスエラには狩人の才能があるようには思えなかった。身体能力は平凡で、祓気《ふっき》の貯蔵量も制御力も優れてはいなかった。その精神性もヴァンパイアへの憎しみや大義のためというより、それ以外の目標があるように思えた。

そんな彼女が監視を任されるようになるとは。

戸惑いもあるが、感慨深くもあった。自分の知らない間にあの子も成長したようだ。

このマンション周囲に張り巡らされた監視用の祓気も絶妙な距離感を保っていて、こちらが気を張らなければ察知できないくらいだ。これほど上達するとは……。

「いや、この精密性は異常だ……」

この祓気のコントロールは熟練の狩人のレベルだ。半年前にヴァンパイアハンターになったばかりの新米にできるものではない。

スマートフォンを取り出し、サーチアプリを起動すると、マンションのそばで青い光点が光っていた。祓気を扱っている人間がいるという証《あかし》。

問題は、それがふたつあるということだ。

「間抜けか私は……」

狩人同盟が二つ名を持ってもいないスエラを単独で監視任務につけるわけがない。この監視は複数人の体勢で行っているのだ。

ということは、スエラは今どこにいるのか。

銀華はクローゼットからコートを取り出し、ベランダから外に飛び出そうとして、祓気の使用は目をつけられることを思い出し、普通にドアから飛び出した。

「スーちゃんと銀華のピアスっておそろだよね。どこで買ったん？」

「あ、これは支給品で……狩人同盟で作られていて……」

「じゃあプライベートブランドなんだ。へぇ～」

「そ、そうですね……」

「他にはどんな……って、ごめごめ。だべってたら食べらんないね」

琉花が茶碗を持ち上げると、机の向こう側のスエラがたどたどしく箸を手に取った。

◆　◆　◆

バイトからの帰り道、スエラから謎《なぞ》の協力要請を受けた琉花は、ひとまず盛黄《もりき》家で話の続きを聞くことにした。道すがら琉花が夕飯を食べていないことを話すと、スエラもまだだと言ったので、流れで一緒に夕食を取ることにした。

人と食事をとることは楽しいので琉花の気持ちは浮ついていたが、スエラはなぜか納得いかなさそうな顔をしていた。お腹《なか》が空いているはずなのにどうしたのか。

そこで琉花は、スエラの故郷がメキシコだと銀華が言っていたことを思い出した。日本では米が主食で箸を使って食べるが、メキシコでは食べるものや食器だって違うはずだ。

「あーと、もしかしてお米苦手系？」

「いえ、そういうわけでは……」

「じゃ、箸が原因か。スプーン持ってくっから、ちょい待ってて」

「え、あ……ありがとうございます……」

もごもごとした礼を背にして琉花は食器棚の引き出しからスプーンを取り出した。

スプーンを渡し、笑顔でスエラの様子を見守っていると、彼女は申し訳なさそうにスプーンで近くのナスの肉味噌炒めをすくった。

小さな口がもぎゅもぎゅと動き、細い喉《のど》がこくりと上下する。

「あたたかい……です」

「よかったー。ってもあたしが作ったもんじゃないけどね」

母の涼子《りょうこ》が作り置きした惣菜が褒められて琉花の肩が軽くなる。

琉花も箸でナスを口に入れて白米を食べる。惣菜の濃さや適度な油っこさが白米で中和されて美味《おい》しい。

しばらく夕食を進めていると、スエラがスプーンをかたんと置いた。

「る、ルカ様。さきほどのお話の続きをしていいでしょうか」

「ん？　銀華の説得のやつ？」

「は、はい。そうです……覚えていらっしゃったんですね……」

スエラが驚きの表情を浮かべながら頷《うなず》いた。

「んー、でも、銀華が行きたくないって言ってたしなー」

スエラが銀華を狩人同盟に帰らせたい理由やその協力者に琉花を選んだ理由はわからないが、琉花にとって優先するべきは銀華の気持ちだ。

銀華は狩人同盟に帰る気はないと言った。

師匠である祖母に命じられたからと言っていたが、それだけにあの主張が曲がることはない気がする。

「で、ですが、ギンカ様にはお帰りいただかなくては困るのです」

「なんで？」

「それは……」

スエラは姿勢を正すと、緊張した面持ちで琉花を見つめた。

「では、私の口から改めてヴァンパイアや狩人同盟について説明いたします。少し長くなるので、お食事しながらお耳を傾けていただけると助かります」

スエラの宣言に、琉花は口に米を運びながら、ほっへー、と返事をした。

「狩人同盟とはヴァンパイアの討伐を目的としたヴァンパイアハンターの組織です。

その成立は十九世紀に遡《さかのぼ》ります。当時の世界は技術の普及や流通の整備などで国際情勢が著しく変化していました。安定した照明が開発されたことで人々は夜遅くまで生活するようになり、優れた流通経路が成立したことで生活圏は今までにないほど広がりました。

人類にとっては喜ばしいことですが、その恩恵はヴァンパイアたちにも施されました。夜遅くにひと気のない場所をうろつく人々などやつらにとっては格好の的ですし、武器や技術はヴァンパイアたちも利用できますから。被害は世界中で加速度的に広がりました。

ヴァンパイアたちの新しい動きに対抗するため、それまで各国に点在していたハンターたちはひとつに集まり、強固な組織をつくることにしました。

ヴァンパイアを倒すための知識を交換し、道徳を守るための戒律を定め、宗教団体や各国の治安維持組織と連携し、戦闘員を育成するための組織……それが狩人同盟です。

組織が成熟していくにつれ、地方で活動していたヴァンパイアだけでなく、国家の中枢に食い込んでいたヴァンパイアや小国を支配していたヴァンパイアを討伐することも可能になりました。

権威から切り離された結果、ヴァンパイアは活動を抑えて隠れ潜むようになりました。そこから一世紀ほど、ハンターたちは探知するための技術を研鑽し、ヴァンパイアたちは潜伏のための技術を高めるといった、暗闘《あんとう》じみた争いが続きました。

勝利したのは狩人同盟でした。近年の情報技術の発達により、ハンターたちはヴァンパイアたちの場所を発見しやすくなったのです。さらにヴァンパイアサーチアプリなどが作られたことで特定はより容易になりました。

そして半年前、狩人同盟はヴァンパイア殲滅戦《せんめつせん》を実行に移し、最後のヴァンパイア〝隠遁鬼《いんとんき》〟アルベルト・フォン・ディッタースドルフを討伐したことで、世界からヴァンパイアを絶滅させました。

……ここからが現状のお話です。

倒すべき敵を失った狩人同盟は問題に悩まされることになりました。指導者や優秀な狩人の離脱。国家や企業の支援の打ち切り。不逞《ふてい》狩人や離反者の発生……今まで悩むことのなかった問題に襲われることになったのです。

狩人同盟を立ち直らせるには人心をまとめるための圧倒的なカリスマが必要です。〝銀の《シルバー》踊り子《ダンサー》〟ギンカ・シジュウナナ様のような……」


やっべ。ぜんっぜん頭に入ってこなかった。

まさか家で歴史の授業を受けるなんて。テストが終わったのに勉強することになるなんて。

琉花が蛍光灯からスエラに視線を戻すと、彼女はヘーゼルカラーの目をきらきらと輝かせていた。琉花の返事を期待満々で待っている。

気まじい～なぁ～……。

「あーと、狩人同盟をなんとかしたいんだけど、狩人同盟をなんとかできるのは銀華だから、スーちゃんは銀華を連れてきたいってことだよね？」

「はいっ！」

真っ直《ます》ぐな返事を聞きつつ、琉花はスエラを見つめた。

銀華の話では、訓練生というものは狩人同盟に養育されているらしい。スエラになにがあったのかはわからないが、彼女にとって狩人同盟は親代わりというのは違いない。世話になった親が体調を崩せばなんとかしたいと思うのは子どもとして当然だ。

この、どうしても狩人同盟に復活して欲しい、という思考には覚えがある。

デイヴィッド・ハイゲイト。

一ヶ月前、琉花と銀華を襲ったあの男は、狩人同盟の再起を目的としてヴァンパイアを復活させようとした。あの男の暴走と今のスエラの状態は重なる部分がある気がする。

これは……なんとかしないとなー……。

「んー、でも、マジで銀華が行って解決すんのかな」

「はい！　ギンカ様がお越しになればすべて解決します！」

迷いのないスエラの声に琉花はなにも言えなくなった。なにも言えないので無言で白米を口に入れる。うん、どんな時でもお米はおいしい。

「ギンカ様はヴァンパイアを滅ぼした英雄というだけでなく、多くのハンターから尊敬を集めている偶像的存在でもあります。あのお方がご帰還なされば離脱した狩人たちは戻ってきますし、幹部たちの励みになって組織が活性化します。その影響にはギンカ様のお師匠様やシジュウナナ家のお力を加味していいかもしれません……ギンカ様がお戻りになれば、狩人同盟は復活すること間違いなしです！」

スエラの話は圧倒するような力があり、よく知らない琉花でも熱が伝わってきた。

銀華は狩人同盟の中で最強のヴァンパイアハンターと呼ばれていたらしい。一般社会での知名度はないが、組織内での人望はあったはずだ。それを育て上げた銀華の祖母が組織内で権力を持っているのも納得できる。四十七家《しじゅうなな》がすごい家なのも、あの高級マンションを見れば一目瞭然だ。

スエラの意見にも一理あるのかもしれない。

琉花が米とともに情報を飲み込んでいると、スエラは真剣な顔で琉花を見つめた。

「なので、ルカ様に協力をお願いしにきたのです」

「え、どゆこと？」

話題の急旋回に思考が追いつかない。そういえば、なぜ自分に話を持ちかけてきたのか。ヴァンパイアハンター関連のことで自分ができることはないはずだ。

スエラはもどかしげに言った。

「ルカ様はご存知ないでしょうが、通常ハンターの秘密を知った一般の方は特殊な祓気によって記憶を消去されるのです。ですが、記憶消去は記憶の混濁を引き起こす危険性もありますので、そこをご心配なさったギンカ様は日本支部を説得し、ルカ様のご記憶をお守りなさったのです」

琉花は箸を取り落としそうになった。

秘密を明かしたヴァンパイアハンターが記憶を消されるということは聞いていたが、知った人物も同じ処置をされるとは知らなかったし、銀華も言及しなかった。琉花を守るために日本支部を説得したなんてことも聞いていない。

あいつぅ～。あたしのこと大好きかよ～。

友人からの想《おも》いを感じて琉花が照れ笑いをしていると、スエラが姿勢と表情を正した。

「そのことから、ギンカ様はルカ様のご意見をある程度重視されると思います。私がルカ様に説得のご協力をお願いに参ったのは、そういった次第です……もちろん、成功した際には報酬もお約束します。いかがでしょうか」

ヘーゼルカラーの目がぱちぱちとまばたきする。

銀華が狩人同盟に帰れば組織が改善されるかもしれない。スエラの理想通りにはならなくても、変化が起きることは間違いない。

暴走直前のようなスエラを放っておくのは危険な気がするし、銀華が組織に戻れば安心感から彼女も落ち着くかもしれない。

それらを加味しても、やはり銀華の気持ちが最優先だ。銀華自身が拒否しているのだから
話を聞いたところでその考えは変わらなかったし、銀華自身が拒否しているのだから琉花と琉花としては協力するわけにはいかない。

それに、スエラにはまだ引っかかるものがある。

狩人同盟を大切に思う気持ちと同じくらい、銀華に対しての思い入れを感じる。ただの先輩後輩ではないような。それ以上の存在のような話しぶり。

「あんさー。スーちゃんと銀華って昔なんか……」

あったたん？　と言いかけた時、居間の外から物音が聞こえた。

凛《りん》とした声と静かな足音が近づいてくる。

「お邪魔します」

盛黄家の鍵《かぎ》は琉花と涼子以外にももうひとり所持する人物がいた。先月の事件でスペアキーをもらったお返しとして、琉花は合鍵《あいかぎ》を彼女に渡しておいたのだ。

スエラの顔が固まっている。彼女も入ってきた人物が誰《だれ》か気づいているようで、皿に落としたばかりのプリンのように小刻みに震えていた。

「君たち、なにをしているんだ」

居間と廊下の間に銀華が立っていた。

ヴァンパイアハンターの戦闘装束をまとい、風もないのにコートをたなびかせている。その

表情は彫像のように硬い。

「ご飯食べてる」

「見ればわかる。私が聞いているのは、なぜその狩人が君の家にいるのか、ということだ」

「まだご飯食べてなかったみたいだから誘ったんだけど……つか、銀華は食べた?」

「食べていないが、そういうことではなく……」

「んじゃ、席座って。ご飯よそうから」

琉花が立ち上がると、銀華がぎこちなく琉花の隣の席に座った。

多めにお米炊いといてよかったー、などと考えながら食器棚から茶碗を取り出していると、

「それで貴様はここでなにをしている?」

あ、やっべ、スーちゃん放置しちゃった。

狩人モードになっているらしく銀華の口調は険しかった。怒りを隠すつもりはないようで体の周囲にうっすらと銀色の光が舞っている。

苛立《いらだ》つ最強のヴァンパイアハンターを前にしてスエラは唇を震わしていたが、そのうち絞り出すように言った。

「か、狩人同盟復活のため……ルカ様にギンカ様説得のご協力をお願いしに参りました!」

うわ、この子ショージキすぎ⁉

スエラの言葉を聞いて銀華が目を細めた。眷属を相手にする時のような、これから屠《ほふ》る相

手を見定める時のような酷薄な瞳《ひとみ》。

「そのようなことだと思っていた……私としたことが、今朝《けさ》はまんまと騙《だま》されたよ。嘘《うそ》を見抜ける力があっても、真実がふたつあることは見抜けない……しかし、まさか貴様に欺《あざむ》かれるとはな」

「だ、騙すようなつもりは……」

「その上、直接私を説得するのではなく、周りから固めようとするとは。根回しも上手くなったらしい。成長した、とでも言えばいいのか」

ヴァンパイアハンター同士だからなのか、銀華の言動には遠慮がなく、刺々《とげとげ》しかった。

そばにいる琉花がここまで圧迫感を覚えているのだから、対面しているスエラは押し潰されるような心地だろう。

「狩人同盟の汚い部分を吸収してしまったようだな。貴様には狩人ではなく詐欺師の適性があったのかも……」

「ノー！　ちくちく言葉！」

茶碗をずいと鼻先に出すと、銀華のまぶたがぱちぱちと上下した。

いくら銀華とはいえど、か弱い少女を一方的に言い込めるような真似は看過できない。パワハラは見ているだけで気分が悪いのだ。

「スーちゃんはあたしとご飯食べてただけ。そりゃ変なことも言ったかもしんないけど、おしゃべりってそーいうもんじゃん。ちょっとのおふざけくらい許してよ」

「ム……」

茶碗と箸を手渡して銀華の隣に座る。

琉花が戻ってきてもふたりのヴァンパイアハンターが緊張を解くことはなかった。銀華は変わらずスエラを睨《にら》みつけていたし、スエラは唇をぎゅっと引き締めている。

これはとことん話し合ったほうがいいかも。

「よーし、こうなったらふたりとも一回はっきり自分らの心をだべりあおう!」

「ダベリアオウ……どういう意味ですか?」

「ディベートをしろということか?」

「そそ。あたしが審判するんで、とことんディべるべ!」

琉花が言い放つと、ふたりのヴァンパイアハンターは気まずそうに見つめあい、溜《た》め息《いき》とともに頷いた。


盛黄家の食卓で食器がかちゃかちゃと擦《す》れあっている。

高校で昼を一緒にしているのでわかっていたが、銀華の箸使いはいつもきれいだ。小さい頃からヴァンパイアを倒すための修行をしていたらしいが、こういう作法も祖母から習ったのだろうか。それ以前の生活の名残なのだろうか。

銀華に責められることを恐れているのか、スエラはスプーンから箸に戻していた。けして下手ではないが、米をはさむことが難しいようで、ぽろぽろとこぼしていた。こぼす度に見せる困り顔が琉花の琴線をつついて落ち着かなくさせる。

琉花は音を立てずにお茶をすすりきると、ふたりを見つめてから言った。

「んじゃ、話し合いスタート」

それまで出方をうかがう動物のようだったふたりは、琉花の開始の合図とともにテーブルに箸をぱちんと置いた。

「狩人同盟が弱体化していると貴様は言ったらしいが、先日日本支部に確認をとったところ、著しい弱体化などないと報告を受けたぞ。これは資料も確認して裏付けを取ったから確かなことだ。貴様が抱いている危機感は杞憂《きゆう》にすぎない」

「それこそが日本支部がイングランド本部と連絡を取り合えていないという証左です。自らの弱体化を素直に伝える部署など存在しません。イングランド本部も日本支部も運営機能は落ちていく一方です。これは現場の意見です」

「それは意見ではなく感想だ。もっとデータを見てから判断しろ。そもそも粉飾や改竄《かいざん》といった組織運営に関する戒律《かいりつ》違反は意図的な秘密の暴露よりも罪が重い。組織運営に配属されるような狩人が戒律違反するとは思えないし、配属する側の狩人に見る目がないとも思えない」

「それは殲滅戦前までのお話です。それまで本部で運営を担当していた方々が続々と離脱し、後任の選定基準がゆるくなっていることはギンカ様もご存知でしょう。このまま運営問題を放置していけば狩人同盟は壊滅してしまいます」

「壊滅させればいい」

銀華の強い言葉にスエラが言葉を呑《の》んだ。予想外の返事だったのか、頭がふらついているようにも見える。

「ヴァンパイアという討伐対象が絶滅したのだから、無理に維持したり、別の形に変えたりする必要はないだろう。いっそのこと滅ぼしてしまえばいい」

狩人同盟とはヴァンパイアの討伐を目的としたヴァンパイアハンターの組織だ。倒すべき対象がいなくなればその存在理由もなくなる。銀華の主張は残酷だが、筋が通っていた。

スエラがこの主張を受け入れられるはずがない。

彼女は狩人同盟を大切に思い、復活させるために行動しているのだ。壊滅させるなんて選択肢は彼女の頭にあるわけがない。

「と、当然、私も滅ぶのは仕方がないと……考えています……」

しかし、琉花の予想とは反対に、スエラは銀華の主張を肯定した。

「ですが、終わらせるにしてもせめてゆるやかに終わらせたいのです。急激な変化は今まで以上の混乱に繋《つな》がりますし、今まで以上に不逞狩人が大量に生まれるかもしれません……ギンカ様はそれでよろしいとおっしゃるのですか」

スエラが望むのは軟着陸ということらしい。

声には出さないが、そういう方向性ならば琉花も同意できた。いずれ終わるのだとしてもいい最後を迎えさせたい。そういうことだ。

スエラの提案に好感を覚えた琉花とは反対に、銀華はサディスティックな表情でスエラを見下ろしていた。

「つまり、貴様は私に混乱の収拾や不逞狩人の取り締まりを期待しているのだな」

「そういうわけでは、ありませんが……」

今までの雄弁さはどこへいったのか、スエラは気まずそうな表情をしていた。

銀華はスエラから顔をそらし、盛黄家の棚を見つめながら言った。

「狩人同盟は貴様が思うほど脆弱《ぜいじゃく》ではない。今は殲滅戦後の過渡期であるため不安定になっているだけだ。私に影響力がないとは言わないが、私が行くことで起こるのは安定ではなく、さらなる混乱だ。おそらく師匠はそういったことも考慮にいれて私に狩人同盟に戻るなと命じたのだろう」

溜め息混じりに銀華が言うと、スエラはしばらく黙っていたが、テーブルを見たまま暗い口調で呟《つぶや》いた。

「ギ、ギンカ様も……〝パイヴァタール〟様も……今まで狩人であれたのは狩人同盟の支援があってこそです……す、少しは組織に報いていただいてもよろしいのでは……」

スエラがもそもそと喋《しゃべ》っていると、琉花の頰《ほお》にピリピリした波動が飛んできた。

隣を見ると、銀華が氷像のように表情を硬くしていた。体の周囲には収まったはずの銀色の綿毛が浮かんでいる。

ガチギレしてる……。

友人が初めて見せる表情に恐怖を感じてはいたが、琉花には彼女が怒る理由も理解できた。スエラの言い分は、殺し合いをさせてやったことの恩を返せ、お前の祖母も同じだ、と言ったようなものなのだ。

理解できるからといって、自宅の居間《こ こ》で争われるのは困る。

「質問！　ぱいばたー様って誰？」

琉花が銀華の肩をつつくと、まとっていた怒りの雰囲気がいくらかやわらいだ。

「〝パイヴァタール〟とは私の師匠の二つ名だ」

「あー、銀ばあね」

スエラの話によると銀華の祖母も凄腕のヴァンパイアハンターだったらしい。それならば二つ名を持っていることも納得だ。

しかし、パイヴァタールとはどういう意味だろうか。ヴァンパイアハンターたちの二つ名を誰がつけているかは知らないが、銀の踊り子《シルバーダンサー》くらいわかりやすい名前をつけて欲しい。

ま、あたしが間に入ったことでふたりともちょっとは落ち着《チル》いて……、ている。


「い、いかがでしょうか！　ご検討を！」

うっわー！　せっかく収まりそうだったのにっ！

話題を掘り返されて銀華の苛立ちも復活する。

そう思っていたが、奇妙なことに銀華は冷静になっていた。スエラをうかがうように見つめ
ている。

「スエラ、今までの話を誰に吹き込まれた？」

「えっ？」

「貴様が自力で今までのような話を思いつくはずがない。誰かに抱き込まれ、その走狗《そうく》として送られたと考えたほうが納得できる……」

それは話しかけるというよりも、自分の思考を整理するための呟きだった。銀華は薄紅色の唇に指を当て、銀色の目をテーブルの上にさまよわせた。

「スエラに命令できる人物……本部……違う。支部……監視？」

そして彼女は顔をあげると、銀色の瞳をスエラに向けた。

「私の監視についている他の狩人の名を教えろ。貴様の要求通り、不逞狩人を取り締まってやろうではないか」

スエラの顔からさっと血の気が引いた。

銀華のように嘘を見抜けなくても、スエラが図星をつかれたことは琉花にもわかった。彼女

の今までの主張は他の狩人に教えられたものだったのだ。

「そ、それは……できません……！」

「それならば、話しやすくしてやろう」

「はい？」

怯《おび》えるスエラの前で強烈な銀光が発生した。

綿毛のように浮かんでいた銀色の光が渦を巻いて銀華の右手に収束していく。武器を生成するためか。祓気による攻撃をするためか。なにかはわからないが、これを放置しておけば居間がひどいことになるのは確実だ。

「しゅーーーりょーーーーっ！」

琉花が叫ぶと、銀華の周りの祓気が散った。

以前から思っていたことだが、銀華は力で解決しようというクセがある。それはいつか直してもらうとして……。

「うん！　まとめんの無理だわこれ！」

琉花が元気よく言うと、銀華は浮かしていた腰を椅子《いす》に戻していった。

スエラは過呼吸気味になりながら冷や汗を手の甲でぬぐっている。防御しようとしていたのか、スエラの周りにはふにゃふにゃと祓気が浮かんでいる。

「初めからわかっていたことだ」

銀華は諦《あきら》めたように呟くと、箸をとって食事を再開した。

帰りたくない銀華VS帰ってきて欲しいスエラ。

お互いの主張は平行線で、探れば探るほど相手の感情を刺激する。琉花としても傷つけあうふたりを見ていたくないが、今は解決法が見当たらない。

今は、だ。

「そこで提案《てーやん》でい」

「ム？」

「はい？」

銀華とスエラが同時にこちらを見る。先ほどまで争っていたのが嘘のような仲のいい姉妹のような動き。主張さえぶつからなければふたりはこういう仲なのかもしれない。

自分はこの光景を再現したい。

「この問題、あたしに預けてくんない？　ふたりが納得できるアイデア考えてみっから」

銀華もスエラも悪人ではないし、ふたりとも悪意で動いているわけではない。なにかのきっかけがあればわかりあえる仲になれるはずだ。というか、元々同じ組織に所属していたのだから、そうならなくてはおかしい。

銀華は怪しいものを見る目で琉花を見つめていたが、

「……いいだろう」

溜め息とともに頷いた。それを見て、スエラも弱々しく頷く。

ヴァンパイアハンターふたりの承諾を得たことに満足しつつ、琉花は笑顔で漬物を食べた。


スエラと連絡先を交換し、ふたりを帰らせた後、琉花は夕ご飯の片付けに入った。

残った惣菜と余った米を冷蔵庫に入れ、空っぽになった茶碗をシンクに入れる。食器を洗う前に手を洗う。

琉花は中学時代から常にネイルをしているが、家事に困ったことはなかった。なにかに取りかかる前はきちんと手洗いすればいいし、取りかかった後はきちんと手の保湿をすればいい。大事なのはケアを忘れないことだ。

スポンジを手に取り、洗剤をぎゅっと絞る。台所の空きスペースに置いたスマートフォンからEDMが流れている。無料音楽アプリでシャッフル再生した音楽。なんとなく鼻歌を合わせながら、琉花は食器を洗い始めた。

これから自分は銀華とスエラの問題をどうにかしなければならない。彼女たちの仲を修復するため、彼女たちが納得できる結論を出さなければいけない。

できるのか、と自分に問えば、
やるしかない、と答えるしかない。

ノリで言い出した部分もあるが、責任は感じているし、なにより自分は銀華の友人だ。この問題を解決しなければ彼女と一緒にはいられないのなら、テストで疲れた頭を再起動して、解決策を見つけなければ。

「あー、そっか……」

泡だらけになった皿をシンクに置いて、レバーに手をかける。

「あたし、銀華と一緒にいたいんか……へへへ……」

口から笑みがこぼれ、胸の中に気合いの炎が灯る。

自室にある銀華からもらったアトマイザーを思い出しつつ、琉花はレバーを上にあげた。

四章　ショリショリの処理

結局のところ自分は琉花《るか》を巻き込んでしまった。

琉花に話し合いの場を設けられ、琉花に怒りをなだめられ、琉花に事態の解決を投げてしまった。スエラに苛立《いらだ》っていたとはいえ、なんという愚かな判断をしたのか。

教室の前方に目を向けると、ホワイトブロンドの頭が揺らめいていた。

事態の解決法を考えているのか、琉花は歴史の授業にも集中できていないようだった。もともと授業に集中するような生徒ではないので教師も注意をすることはなかったが、それはそれでどうなのだろう。

なぜ彼女の前でスエラと話し合ってしまったのか。無理矢理にでも外に引きずり出し、別の場所で尋問を行うべきだった。琉花には平和な日常を送って欲しいというのに、あの時の判断ミスが今の彼女の苦悩を生んでいる。

それにしても、スエラを裏で操《あやつ》る人物とは誰《だれ》なのか。

考えただけで怒りが湧《わ》いてくる。スエラは殲滅戦《せんめつせん》直前にヴァンパイアハンターになった。あの直後認定試験を行ったという支部は聞いたことがないため、ある意味では最後のヴァンパイアハンターだ。そんな彼女に上の指示を無視するという選択肢はないはずだ。

だからといって、監視について狩人同盟に確認をとることもできない。監視役を明かすほど愚かではないだろうし、気にするような行動は不審感を生む可能性もある。

自分は待つしかない。予定通りに監視を受け続けるしかない。

そのことがますます神経に触る。退屈には耐えられる。パターン化した生活にも抵抗はない。だが、琉花を苦しめていることは不満だったし、この粗《あら》が目立ちすぎるスエラの祓気《ふつき》は勘弁して欲しかった。

昨日のマンションで感じた祓気とまったく違うざらついた祓気。距離のコントロールを間違っているのか、こちらの肌を舐《な》めるような動きをしている。強弱の制御も上手《うま》くできないようで、時たま目視でも確認できてしまった。

これを見て他の監視メンバーはなにも思わないのだろうか。一緒にいるのだから監督責任があるはずだ。もっと彼女のことを理解して導くべきなのではないだろうか。なんにせよ琉花に迷惑をかけることだけはやめて欲しい……。

そこで銀華は教師に見えないように深い溜《た》め息《いき》をついた。

私、琉花に関することで激高しやすくなっていないか？

スエラは琉花の説得があれば自分が動くと判断したらしい。その推理は当たっているかもしれない。反省しなければ。

◆　◆　◆

一晩中考えたが、いい解決策は浮かんでこなかった。

あのふたりが対立している原因は狩人同盟という組織へのスタンスだ。

銀華《ぎんか》は様子を見ることを主張し、スエラは対策を打つべきだと主張している。

銀華は潰《つぶ》してもいいと言っていて、スエラは軟着陸で終わらせたいと言っている。

銀華は自分が戻れば混乱すると考えていて、スエラは銀華が戻れば回復すると考えている。

あー……わからん……。

悶々としてオレンジ色の毛先をくしゃりと握る。どっちも正しい気がするし、どっちも間違っている気がする。そもそも自分は狩人同盟についての知識がなさすぎる。簡単な判断すら難しい。

それにこれはヴァンパイアハンターの問題なので誰かに相談するわけにもいかない。自分だけで悩み、苦しみ、答えを見つけるしかない。

そんな状態だったので、期末テストの結果が返ってきてもまったく気にならなかった。赤点回避できていた安堵《あんど》よりも銀華とスエラの問題のほうが大事だ。

昼休みに入ると、琉花はスクールバッグからサンドイッチとミックスベリースムージーを出してめいりの机に置いた。頭を使ったことで体が栄養を欲しているのか、サンドイッチを見ているだけでよだれが垂れそうになった。

「なんか疲れてんね。調子悪いの？」

チョップドサラダ弁当を出しためいりが言った。それとない口調だが、こちらへの心配が伝わってくる。

「ん、考え事があって八時間しか寝られんかった」

「フツーに寝てんじゃん」

苦笑いするめいりの前で琉花がスムージーのキャップを開けていると、ひなると銀華がやってきた。

「どんどん期末の結果が返ってくるのウツだもー」

「自信がないようだな……そういえば、ひなるはどの教科が得意なんだ？」

「ＡＬＬ《オール》苦手だも」

「……英語は得意のようだな」

復学から一ヶ月経《た》ち、銀華は琉花だけでなくめいりやひなるとも雑談できるようになっていた。

ヴァンパイアハンターについて知らなくても、いや、知らないからこそめいりとひなるは普通のクラスメイトでいられるのかもしれない。問題について考えなくてもいいふたりのことを羨《うらや》ましいと思いかけ、琉花はその感情を即座に振り払った。

自分から抱えた問題から逃げようとすんな！

琉花が自分への叱咤とともにサンドイッチにかぶりついていると、窓の外を眺めて銀華が、ム……、と呟いた。

「どしたの、銀姐《ねえ》さん？」

「いや、窓の外に犬が見えてな」

「えっワンちゃんだも⁉」

「犬？　犬どこ？」

ひなるとめいりが色めきだち、外に向かって顔を突き出した。

生まれてこれまでこのあたりで野犬なんて見たことがない。飼い主とはぐれた犬が迷い込んだのだろうか。

琉花も立ち上がって外を見ようとした時、銀華に肩を引かれた。

「……犬というのはスエラのことだ」

「ひゃふっ」

静かな声が耳元で聞こえて変な声を出してしまう。

体をひねって肩から銀華の手を外し、小声で抗議する。

「ちょっ、いきなりなにエロいことしてんの」

「いや、そういう意図はなかったのだが……すまない……」

銀華は戸惑いがちに離れていくと、端正な顔で琉花を見下ろした。

「琉花。なにか成果は上がったか。私の気はけして長くはないぞ」

その囁《ささや》き声には圧迫感があった。数日中に解決策が浮かばなければ実力行使に出る、そう言っているような気がする。

「ま……見てなって」

琉花は指を二本立て、ふてぶてしく笑うことで答えた。

やっべぇ！　マジでなんにも思い浮かばねえ！


真夏の食後にフットサルを行うと決めたのはいったいどこの誰なのだろうか。

汗だくになるせいでいつも以上にメイクに気を配らなければいけないし、体操服の布地が薄いせいで下着が透ける。基本的に学生生活を愛している琉花だったが、それでもこのスケジュールは頭がおかしいとしか思えない。

ただ、楽しみな気持ちもあった。染色式《ティントタイプ》のリップやアイブロウ、日焼け止めクリームの効果は何度も使用しているので知っているが、新しく買った毛穴専用下地《ポアプライマー》は本当に威力を発揮してくれるのか。マスカラは軽いタイプを選んだがそれは正解だったのか。三層式のフィックスミストは二層式とはどう違うのか。新武器《ニューギア》の効果は体育の後にわかる。

そう思うと体育に向き合う気力が湧いてきて、準備体操でその気力は尽きた。

教師のホイッスルの音を聞いて、ポニーテールを揺らしながらボールを追いかける。夏の日差しがおろし金のように体力を削っていく。なんで自分たちはこんな拷問を受けているのか。中途半端《ちゅうとはんぱ》に体力があるせいで意識を失うこともできない。誰かがゴールを決めたらしいが、まったく関心はなかった。どうせ銀華が決めたのだろうから。

教師から五分の休憩が告げられ、琉花は息を切らしながらクラスメイトたちと日陰に入った。日陰の中には見学者たちが座っていて、その中にはめいりもいた。へとへとの琉花を見て笑っている。自分も見学すればよかった。

日陰に置いていたタオルで汗をぬぐっていると、

「あ……?」

校門の向こうで赤いなにかがもぞもぞと動いている。

柱の陰に身を隠しているつもりなのだろうが、スエラの髪はそこから見事にはみ出していた。銀華の監視をしているのに素人の自分にすら見つかってしまうなんて、やはり彼女は新米ということか。

そういえば銀華はどこだろう。そう思って校庭を見回すと、ゴールポストの日陰にいる銀華を見つけた。あれほどフットサルで動いたのに一切《いっさい》汗をかいていない。流石《さすが》最強のヴァンパイアハンター。

銀華はそばにいる速水《はやみ》ちなみと会話しているようで、スエラに意識を向けていなかった。彼女の勘のよさなら気づいていないはずがないが、それでも睨《にら》みつけていないことにはほっとした。

……てか、ジョーホー足らんのだったら聞けばよくね？

教師がこちらに注意を払ってないことを確認すると、琉花は手すりにタオルをはさんで校門に小走りで向かった。

「スーちゃーん」

琉花が声をかけると、スエラが怯《おび》えた猫のように姿を現した。

彼女は昨日と同じく全身を覆《おお》うような黒服を身に着けていた。汗をじんわりとかいているところを見ると、銀華のような超人的ななにかはないらしい。

「ルカ様。どうなさったのですか？」

「や、スーちゃんと話したくて。休み時間だから五分しかないけどね」

「はぁ……お話……」

小首を傾げるスエラに対して琉花が笑いながら頷《うなず》いた。

自分はスエラのことを知らない。

知っているのは彼女が新米ヴァンパイアハンターで、銀華に狩人同盟に帰ってきて欲しくて、小動物的なかわいさを持っているというくらいだ。

問題を解決するためには彼女のことを知らなくてはいけない。

「昨日は銀華が来たから聞けなかったけど、銀華とスーちゃんって昔なんかあった?」

その瞬間、スエラの顔が固まった。拒否感か嫌悪感か、なんらかのマイナスの感情を示されている気がする。

「あ、言いたくないならだいじょーぶなんだけどさ」

慌てて断りを入れる。

自分が知らないなにかがあるとは思っているが、地雷的な内容だとは思わなかった。こちらとしてはスエラのことを知りたいだけで傷口を広げるつもりはない。

「い、いえ、陳腐な話なので……ご満足いただけるかわからなくて」

スエラは柱に手を添えながら、ぽしょぽしょと言った。

チンプ、の意味はわからなかったが、聞き返すことはしなかった。せっかく話してくれるのだから、邪魔になるようなことはしたくない。

琉花が静かに返事を待っていると、スエラが口を開いた。

「三年前、私の故郷はヴァンパイアに滅ぼされました」

「パンチつよっ」

衝撃に負けてつい口をはさんでしまう。

故郷が滅ぼされたってなに⁉

愕然《がくぜん》とする琉花の前でスエラは気まずそうに続けた。

「私の故郷はメヒコ……メキシコの南方にあったのですが、ある日、〝火葬幻獣《フエゴブリへ》〟という炎を操るヴァンパイアに襲撃されまして……一晩で建物は全焼、村民はほとんどが殺害されました……」

重い重い重い《ヘビーヘビーヘビー》！

スエラの話に心がアラートを鳴らす。銀華に厳しい訓練をつけられたとか、銀華に怖い言葉をぶつけられて泣いてしまったとかそういう系の話だと思っていたのに、重すぎる。

「そして私の命も奪われかけたその時、あの方がおこしになったのです」

「あの方……銀華？」

琉花が問い返すと、スエラはささやかに頷いた。

「ギンカ様は〝火葬幻獣《フエゴブリへ》〟を討伐すると、私を含めた村の生き残りを保護してくださいました。その動きはとても美しく……その姿に憧《あこが》れ、私はあの方のようなハンターになりたいと思ったのです……」

「ああー……なーほーねー……」

「……などと傲慢《ごうまん》なことを考えていたのですが、やはりギンカ様は特別な方でした……私など足元に及ぶことすらできていません……」

校門の向こう側で苦笑いをこぼすスエラを見て、琉花はじわじわと衝撃を受けていた。

今の話から察するに、スエラがヴァンパイアハンターになった理由の十割は銀華だ。

そうだとすると、彼女が銀華に抱く感情は憧れや尊敬なんて言葉では表現しきれない。さらにその上の感情、崇拝という言葉がふさわしいかもしれない。銀華に帰ってきて欲しい感情が強いことも納得だ。

それはそれとして。

琉花は校門に拳《こぶし》を当てて、スエラに向かって言った。

「すごいよ。スーちゃん！」

「え……な、なにが……？」

「なにがって……スーちゃんって銀華をリスペクトして、追いつくために頑張って、そんで夢叶《かな》えたんでしょ。それだけでもすごいのに、昨日は銀華ともちゃんと話せててさ。マジすごい。マジすごいって！」

住んでいた家を燃やされ、家族も知り合いも殺され、自分の命も奪われそうになった。

そんな絶望的な状況に落とされたのに、彼女は狩人同盟の訓練に励み、ついにヴァンパイアハンターになるという夢を叶えた。夢を持っていない琉花からすれば、彼女こそリスペクト対象だ。

琉花が目を輝かせていると、スエラは恥ずかしそうに顔をそらした。

「い、いえ、私は才能がなかったので……ハンターの認定も遅いほうでしたし……」

「照れなくてもいいってー。つか、もっと調子乗っても……あ、やべっ」

殺気を感じて背後を見ると、クラスメイトたちがこちらを見つめていた。最悪なことにのしのしと体育教師が向かってきている。話に熱中していたので気づきが遅れたが、休憩時間はとっくに終わっていたらしい。

「と、とりあえず戻るわ！　話してくれてあんがと！」

手を振って離れていくと、校門の向こう側からスエラが小さく手を振り返してくれた。


放課後、琉花は久しぶりにダンス部に出ることにした。

退部を恐れたことが大体の理由だったが、体を動かせばいい案が思い浮かぶかもという考えも少しあった。

ひなると一緒に校庭脇《わき》の部室棟に向かう。なぜダンス部は運動部ではなく文化部という扱いなのか。なぜ活動場所が体育館ではなく体育館の外なのか。疑問を抱きつつ、ダンス部の部室に入ると、中ではすでに女子たちが着替えていた。

「うぇいーっす！」

琉花が声をかけると、三人の女子が笑顔を浮かべた。

「おー、琉花っちじゃん！」

「センパイ！　久々じゃないっすか！」

「くるならくるって言ってくださいよー！」

この三人に琉花とひなる、もうひとりの幽霊部員を合わせると、それが飛燕高校ダンス部の総部員数になる。

このダンス部は去年の秋に立ち上がった部活であり、三年生の部員はいない。顧問の教師が練度が足らないと判断したので春大会や夏大会には出ていないが、熱血部長は秋大会では全国を目指すと息巻いている。

「みんな、今日はサボり魔るかちんに実力見せつけるつもりでいくも」

隣のひなる部長が言うと、ダンス部たちが笑いながら頷いた。

ひなるは週三のダンス部以外にもダンス教室に通っているというダンスガチ勢だ。腕にも足にも筋肉がついているし、腹筋もうっすら割れている。この小さな体のどこにそのエネルギーがあるのだろうか。

仮想敵にされたことに口を尖《とが》らせつつ、部室でダンス着に着替え、練習道具を持って練習場所に向かう。

他の部員が期末テストの結果などを話し合っている後ろで、ひなるはタブレットを見てダンスの研究をしていた。その姿はヴァンパイアハンターとして動いている銀華の姿と重なるような気がした。

真剣な人ってかっこいーよなー。

「あ、そーだ。ひな、例のインフルエンサーはどしたん？」

昨日の朝、ひなるはダンス部がインフルエンサーにコラボ依頼を受けていると言っていた。

あの時は検討中と言っていたがあれからどうなったのだろうか。

琉花の質問にひなるは部員たちに聞こえないように小声で言った。

「断ろうと思ってるも」

「え、なんで？　炎上とかしてた？」

「してたらソッコー断ってるも……るかちん、MCNって知ってるも？」

琉花が首を横に振ると、ひなるが説明を始めた。

「マルチ《M》チャンネル《C》ネットワーク《N》とは、インターネットメディアサービスに関《かか》わるクリエイターやライバーといったインフルエンサーをサポートする組織やビジネスモデルの名称である。サポートの内容は幅広く、軽く述べるだけでも、マネジメントやプロデュース、営業や著作権管理や収益化などがある」

ひなるは流暢《りゅうちょう》に喋《しゃべ》りきると、琉花にスマートフォンの画面を見せた。

「って、このページに書かれてたも」

「はぁ～～～。超びっくりした～。怖すぎて泣くかと思った～」

友人が元に戻ったことに琉花は胸を撫《な》でおろした。あの明るく元気なひなるからよくわからない横文字が羅列されるなんて、どんなホラームービーよりも怖い。心臓がどっくどっくと跳ねている。

「そんで、そのえむしーえぬがどしたん?」

体育館の隣を通りながら聞くと、ひなるは口を尖らした。

「例のインフルエンサーは炎上したことないっぽいんだけど、その人がケーヤクしてるMCNの社長が炎上してるんだも。フリンとかイホートバクとかで」

「あー、そっちが……」

「ま、例のインフルエンサーもケッコー発言かるかるだったし、ディップズィップ以外のSNSでの発言が使い分けもできてなかったも。危険信号ビガビガ十万ボルトだもー」

「そ、そこまで見んの……?」

あまりの用心深さに琉花が衝撃を受けていると、シャンパンピンクの髪を持った友人は自慢気に笑って堂々と言った。

「ここまでやらないとみんながアブねー目にあうも。部員の安全を守ることは部長のツトメだも」

「ひなる部長ぉ……一生ついていきたひ……」

「じゃあ週三でダンス部来て」

「それとこれとは別の話じゃん」

体育館の陰に入ると、部員たちが足を止めた。ダンス部の練習場所はここだ。

定位置にタブレットとスピーカーをセットして、練習用の音楽が流れるかチェックする。

「でも、インフルエンサーって大変なんだなー」

「そりゃそーだも。話題《バズ》になるためにも炎上しないためにも必死になんなくちゃーだし、さっき言ったMCNみたいなヤバそーなのもあるし、プライベートが全然ないってのも大変だもね…………だからー、やっぱりるかちんにはー」

「わかってるっての」

インフルエンサーとは厳しい世界だ。話題になるまでは苦労や研究が必要だろうし、外からの厳しい判断に常に晒《さら》される。昨日も言われたが、自分には無理だ。

スピーカーの前に整列し、基礎練習を開始する。

柔軟運動《ストレッチ》を終えて部位運動《アイソレ》に入ると、隣でブレなく体を動かしているひなるが意外そうに言った。

「あれ？　るかちん結構ついてこれるもね」

「へっへっへっ、実はバイトの帰り道とかで自主練してたんよ」

「コソ練してるの黙られると指導側のペースが崩れるから困るも」

「めちゃシビアじゃ〜ん」

軽口を返しつつ、練習についていけていることにほっとする。

リズムトレーニングに入っても、ひなるからの叱責が飛んでくることはなかった。これならすぐに退部させられることはなさそうだ。安心安心。

基礎練習を終えてジャンル練習に移行する前に五分休憩をはさむ。ちなみに飛燕高校ダンス部が課題とするダンスは今のところ決まっていないため、ジャンル練習では、ロック、ポップ、ブレイク、ワック、ハウスなど複数のジャンルを練習している。

琉花がペットボトルにさしたストローをくわえていると、ひなるが近づいてきた。

「夏練にはるかちんにも出て欲しいも。そろそろ秋大会に備えたいから」

「あー、それも悪くないかもなー」

遊び以外の時間はアルバイトに使おうと思っていたが、部活に精を出すのもありかもしれない。大会に出るのはなんだか青春感溢《あふ》れているし、夏休み前半は銀華と会えないし。

琉花の返事に気をよくしたのか、ひなるは見てわかるほど上機嫌になった。

「ふっふっふ〜、この調子で戦力増強していくも〜。銀ちゃんにも再チャレするも」

「銀華はやめといたほうがいーよ。監……夏は忙しいみたいだから」

「え、そうなも?」

そうなもって言うんだ、などと思いつつ、琉花は話し続けた。

「それに、戒り、あーと、家の決まりがあるじゃん。ネットに写真あげちゃダメってやつ」

「あー、そんなこと言ってたも……」

「そそ。だから無理めだって」

ヴァンパイアハンターの戒律《かいりつ》には『公的な大会やメディアに出演してはいけない』『SNSを利用してはいけない』というものがあった。それをそのまま話すわけにいかないので、銀華は周囲に家の事情が原因でそういったことをしなければならないと説明していた。

ひなるはしばらく肩を落としていたが、なにかに気づいたように琉花を見上げた。

「そーいえば前の休みに水着買いに行ってたけど、どんなん買ったも?」

「そりゃビキニっしょ。夏なんだし」

「るかちんのは聞かなくてもわかるも。銀ちゃんは?」

「おひな、夏だも、夏」

琉花が口をゆるませると、ひなるが不思議そうな顔を浮かべ、そして啞然とした。

「えっ、銀ちゃんがビキニ……ってことだも?」

「うん。ちょい嫌がってたけどなんとか丸めこんでやったぜ」

「わー!　見てみたいもー!」

ひなるが両手で握りこぶしをつくってぴょんぴょんと跳ねる。その表情はダンスの鬼ではなくいつもの教室でのひなるだった。超かわいい。

「まー、見たけりゃ見せてもらえば……いー……じゃん……」

声を出していくうちに、琉花の表情が抜け落ちていく。

夏。水着。遊び。

なぜこんな簡単なことを思いつかなかったのか。やはり体を動かすといい考えが浮かんでくるということなのか。

「なーんだ。こうすればいーじゃん……ふぇっへっへっ」

「え、キモいも」

突然笑い出した琉花をひなるは気味が悪そうに見上げていた。しかし、今の琉花にはそんなリアクションもそよ風としか思えなかった。

今なら何時間でもジャンル練習と応用練習ができる。そんな気がした。


ダンス部の活動が終わると、琉花は銀華のマンションを訪ねた。

あらかじめ連絡しておいたのでマンションに入るのは簡単だった。エントランスを抜けてエレベーターを降りると、開きっぱなしのドアにもたれかかる銀華の姿が見えた。黒系のスウェットを着ているせいで、顔だけが浮き出ているように見える。

「琉花、いきなりどうし……」

「明日！　海行くべ！」

食い気味に琉花が提案をぶつけると、銀華は目頭を押さえてうつむいた。

そうだ。海に行けばいい。

舞い上がる琉花の前で、銀華は、ふー、と息をつくと諦《あきら》め口調で言った。

「琉花、忘れているのかもしれないが、私には監視がついているので遠出は……」

「そのあたりはだいじょーぶ！　スーちゃんにも連絡済みだから！」

「……順を追って話してくれ。いいか、順を追ってだぞ」

たわむれる大型犬をなだめるように銀華が両手で押さえるような仕草をした。言うまでもなく大型犬とは琉花のことだ。

あ、またつっぱしっちまった。

琉花は鼻から息を吸い込んで、少しだけ冷静さを取り戻してから言った。

「マズカクだけど、銀華もスーちゃんのことが大事だよね」

「はあ？」

「いーから、ショージキどーよ。ショージキな感じ」

琉花が両手をぱたぱたとさせて催促すると、銀華は難しい顔で言った。

「大事か、と問われれば当然大事に決まっている。新米とはいえスエラは戦友のひとりだ。大事に思わないわけがない」

「ちな、直で言ったことある？」

「ム……」

銀華は黒手袋を口に当てると、しばらく視線をさまよわせて、

「それは……ないが……」

「やーっぱね！」

思った通りだ。この口下手天然娘が人に大事だなんてことを言っているはずがないのだ。

琉花は銀華の優しさを知っているが、口にしなければそのことは伝わりにくい。もしかすると、血みどろの戦いと厳しい修行のせいで変な悪癖が身についているのかもしれない。それはいつか直してもらうとして。

スエラから聞いた話を思い出しながら、琉花は言った。

「昼にスーちゃんと話したんだけど、あっちも銀華のことをだいぶリスペクトしてるっぽいんよ。それって聞いてる？」

「いや……聞いたことがない……」

「つまりぃー、本当は両思いなわけよ。でも、お互い態度カチコチだし、口下手だし、このまま話すこともムズいわけでぇー……」

琉花はスマートフォンを操作して海の画像を表示させた。

「海行くべ！」

銀華の鼻先にスマートフォンを突きつけると、銀色の目に青々しい色が反射した。

銀華はスマートフォンを手でどかし、疲れた表情を琉花に向けた。

「……海水浴で私とスエラを交流させて、わだかまりをほぐしてからお互いの妥協案を探ろうということか？　明日から短縮授業に入るので、授業後に海水浴に行く時間もあるし、スエラが同行すれば遠出しても他の監視者たちが不審に思うことはないだろうと？」

「そうでーす！」

「最初からそう言ってくれ……！」

銀華がくりと肩を落とす。ほとばしる熱意のままここに来てしまったが、銀華の言語化能力のおかげで無事に伝えることができた。

琉花がうんうんと頷いていると、銀華は難しい顔で腕を組んだ。

「しかし、そううまくいくだろうか……」

「えっへへっ、そこは琉花さんに任せなって」

親指で自分を指し示す。ダンス部での名残があるのか、動きにキレがあるような気がした。

銀華は怪しむような眼差《まなざ》しをしていたが、そのうち観念したように呟《つぶや》いた。

「君に任せると言ってしまったし……不安だが、任せよう。不安だが」

不安と二度も言われてしまったが、ひとまず銀華から承諾の返事をもらった。

琉花はスクールバッグにスマートフォンをしまうと、代わりにメイクポーチを取り出した。

「じゃ、今からビキニ着て」

「……うん？」

銀華の顔がこわばる。

全身から意味不明だという感情が伝わってくるが、ここはあえて遠慮なしに踏み込もう。

「海に行くわけだし、ビキニの着方忘れてないか確認しとかなくちゃ。海用のケアとかも教えときたいし、他にも色々と処理があるかんね。今やっとこやっとこ」

「み、水着の着方やケアはいいとして、しょ、処理とはなにをするつもりだ……ム、待て。入ってくるな！」

銀華の声をよそに琉花は部屋に入った。海水浴の準備は前日から始まる。抗議を聞いている時間なんてないのだ。

その日、琉花は銀華の悲鳴を初めて聞いた。

意外とかわいい悲鳴だった。

五章 ギラリッ！　夏カワを狙うならビキニちゃんッ！

翌日、銀華《ぎんか》は幽鬼《ゆうき》のように登校した。

頭の中では琉花《るか》の教えが反響している。

海水浴でのメイクは耐水性《ウォータープルーフ》のコスメを使うべし。事前と事後の保湿は絶対。濡《ぬ》れた後の髪はすぐに海の家でケアをするべし。その際は脱脂力の強いシャンプーやノンシリコンシャンプーではなく、低刺激シャンプーを使うべし。日焼け止めクリームとUVスプレーを肌から放すなかれ。ビキニのトップスをつける時は、アンダーの紐《ひも》をきつく結び、脇《わき》の肉を胸側に……。

琉花とのやりとりはヴァンパイアとの戦闘と同じくらい気力が削られた。

彼女に問題を任せると言ったので強く拒否することはできなかったし、抵抗すれば傷つけてしまう気がしたので、ある程度はなすがままにしていたが……だからといってあんなことまでされるなんて。

昨日のことは早く忘れよう。

授業に向き直ると、英語教師がこちらを見つめていた。

集中していることを示すために視線を飛ばすと、こちらの意図が伝わったのか、さっと顔をそらしてくれた。ただ怯《おび》えられただけかもしれない。

気を取り直してノートに筆記具を走らせるが、つい視線がスクールバッグの中の水着セットにいってしまう。

……そういえば、スエラは水着をどうしているのか。

意識を外に向けて監視者の祓気《ふつき》を確かめる。今日の監視用祓気のコントロールは見事で、気を張らなければ見逃してしまうほど用心深いものだった。この人物が誰《だれ》かはわからないが、スエラではないことは確実だ。

もしかすると、スエラは水着を買いに行っているのかもしれない。そう思うと少し心配になった。彼女はボレロやシュラッグというものを知っているだろうか。琉花が連絡したので大丈夫とは思うが、自分も後で連絡をいれておこう。

そこで、銀華は自分とスエラが遊ぶことが初めてということに気がついた。

ヴァンパイアたちと戦っていた時はスエラと遊ぶことになるなんて想像もしていなかった。夜闇《よやみ》の中で戦っていた自分たちが、陽光の下でたわむれることになるとは。

これも琉花と知り合わなければできなかったことか。

教室の前方に見える太陽光を閉じ込めたようなホワイトブロンドを見て、銀華はほのかな笑みを浮かべた。

◆　◆　◆

その日の授業を終えた琉花は、教室で昼食を食べるとすぐに駅に向かった。めいり、ひなるとともに歩道を行く。銀華は別の用事があるのでここにはいないが、駅で少し待っていれば合流できるはずだ。

「盛黄さんさぁー。短縮授業《たんしゅく》だからって放課後に海に行くとか、はしゃぎすぎじゃなーい？」

「ほんとだも。時間の使い方が小学生だも」

「ウチらＪＫ二年目なんだし、もーちょい落ち着いてもいーっしょ」

「だもだも」

背後から不満の声が聞こえてくる。

琉花はキャップに触れながら振り返り、めいりとひなるに言った。

「んじゃ、そのサングラスと浮き輪はなによ？」

「楽しみだからに決まってるっしょ」

「るかちんが誘ってこなかったらひなが持ちかけてたも！」

「あ〜、ノリがいい〜。しゅき〜」

琉花は友人たちのこういうところが好きだった。

顔の半分を覆《おお》うくらいのどでかいサングラスをかけているところとか。これから電車に乗

らなくてはいけないのにもう浮き輪を膨らましているところとか。ともすれば話を持ちかけた琉花よりもはしゃいでいるように見えるノリのよさは最高としか言えない。

片手に持ったレジャーシートを持ち上げ、琉花はふたりに礼を言った。

「つーか、マジであんたたちが来てくれて嬉《うれ》しいわ。ちなみとかにも声かけたんだけど、流石《さすが》に無理って断られたしさ」

「そりゃ、ちーたんはいつも忙しそうだもね」

「谷《たに》ちゃんにも声かけたんだけど、あっちも無理めって」

「担任に声かけたんだ……こわ……」

そんな風に話しているうちに駅にたどり着いた。

三人が日陰に入って休憩していると、すぐに向こう側から銀髪の美少女と赤髪の美少女がやってきた。

「待たせたな」

制服姿の銀華はいつもの無表情で、黒服のスエラは顔をこわばらせていた。

銀華の用事とはスエラを連れてくることだった。めいりやひなるといきなり会わせるよりも、銀華の紹介という形にしたほうがスエラも緊張しにくくなる。そう思って銀華に連れてこさせたのだが、スエラの表情を見ると効果は非常に薄いようだ。

「スエラ。自己紹介し……しなさい」

銀華が背中を軽く叩《たた》くと、スエラは口をわなわなと震わせた。

「こ、ここ、コンスエラ・ペルペティアと言います。本日は海水浴にお誘いいただきありがとうございます。よろし、あっ、どうぞスエラと呼んでください。ご迷惑をおかけするつもりはありません。はい、はい」

早口で言い切ると、スエラは直角に腰を曲げた。

大げさなあいさつだったが、先んじてあがり症の女の子が来ると言っておいたので、めいりとひなるが戸惑うことはなかった。むしろ興味深そうにスエラを眺めて薄く笑っている。

「スエラは私が英国にいた頃に知り合った子だ。日本には少し早い夏季休暇ということでやってきたらしい。今日はよろしく頼む」

銀華が話した内容は昨晩琉花と打ち合わせたカバーストーリーのままだった。あらかじめスエラにもカバーストーリーを伝えておいたが、抗議がないということはその内容でよしとしてくれたらしい。

「ふーん、じゃ、こないだは銀姐《ねえ》さんに会いたくて学校まで来ちゃった感じか」

「BIGLOVE《ビッグラアブ》だもね」

めいりとひなるが感心すると、スエラは恥ずかしそうに縮こまった。銀華はその隣で複雑そうな表情で立っている。

今日のメンバーを確認した琉花は、沸き立つ気持ちに任せて拳《こぶし》を上げた。

「よーし、じゃあ海に行くぜヤローども！」

琉花の号令にめいりとひなるが勢いよく拳を上げ、銀華とスエラがゆるゆると拳を上げた。

反応はそれぞれ違ったが、琉花が心配に思うことはなかった。

これからみんなが行く場所は同じ。

それなら、味わう楽しさも同じはずだよね！


幸運にも電車の座席が五人分空いていたので、銀華、琉花、スエラ、ひなる、めいりの順番で座った。銀華とスエラの間に琉花が緩衝材として入り、スエラの隣に面倒見がいいひなる。少し距離をおいた方が話しやすいめいりが座る。

「スーちゃんはおいくつだもー？」

琉花の予想通り、ひなるは積極的にスエラに声をかけてくれた。自分よりも小さいスエラに庇護欲を感じているのかもしれない。

「い、いくつ……？」

「いくつってのは何歳って意味だよ。ネンレー」

めいりがスマートフォンをいじりながら聞くと、スエラの顔に緊張感が走った。

銀華ほどではないがめいりも表情が乏《とぼ》しいところがあり、初対面の相手には高圧的に見えてしまう。琉花としてはもどかしさを感じる部分でもあったが、こういうところがファッションモデルに向いているのかもしれない。

「こ、今年で十三歳……です……」

「うわ、わっか！　若すぎだも！」

「じゃあ中学生か……あれ、海外って中学校なんだっけ？」

「せ、セカンドリースクールに通う年齢ではあるのですが……ええと……」

スエラが言いよどむ。答えに迷っているということは、ヴァンパイアハンターに関《かか》わることなのだろうか。

肘でつついて銀華に助け舟を要求すると、一瞬不満そうな顔を浮かべた後、銀華が全員に向けて顔を出した。

「日本語では難しいだろうから私が補足する。スエラは普通の学校ではなく医療法人管轄の教育機関に通っているんだ。英国にいた時は私もそこに通っていた」

銀華が黒手袋のついた手をひらひら振ると、なるほど、とめいりとひなるの声が重なった。かつて銀華は特殊な皮膚病があるため常に手袋をつけていると説明したことがあった。それもあってふたりとも素直に納得してくれたようだ。

「で、ですが出身はイングランドではなく、メキシコで、はい」

唐突にスエラは出身地のことを口にした。その顔は、めいりとひなると話しているときよりも慌てて見えた。

もしかして、銀華のフォローをオコラレと勘違いしてる？

「メキシコってどこらへんだも……？」

「トルティーヤとか……タコスとか……？」

ひなるとめいりが曖昧な知識を語っていると、スエラは顔を下に向けて口を閉ざした。自分が余計なことを言ったと思っているのか、膝《ひざ》の上に手を添えて態度を硬くしている。

琉花は銀華の肘を触り、再びフォローを催促した。

「メキシコはアメリカの南方にある国だ。西は太平洋、東はカリブ海に面しているが……スエラの住んでいた場所は内陸部だったか？」

銀華の問いかけにスエラがヘーゼルカラーの目が輝いた。

銀華が自分の出身地を覚えていてくれるとは思っていなかったのかもしれない。ぶんぶんと激しく頷《うなず》いている。かわいい。

再びフォローがうまくいったことにほっとしつつ、琉花は会話に参加することにした。

「ナイリクってことはスーちゃんって海行くの初めてな感じ？」

「あ、はい。映像は見たことがありますし、プールでの訓れ……授業も受けたことはありますが、実際に海へ行くのは初めてです。はい」

「おおー、じゃ、スーちゃんのハツタイケンだね。ビビるくらい人多いから、あたしらから離れちゃダメだよ？」

「は、はい！」

真《ま》っ直《す》ぐな返事に琉花の胸が高鳴った。

小さい頃に望んだ『妹が欲しい』という気持ちがむくむくと湧《わ》き上がってくる。いつかスエラには琉花お姉ちゃんと呼んでもらおう。

変な目標を抱きながら銀華を見ると、彼女はかすかに微笑んでいた。どうやらスエラがめいりたちに受け入れられてほっとしているらしい。

こいつもかわいーな……。

琉花が顔のいい友人を眺めていると、窓からの景色に変化が生じた。

白い砂浜に明るい色合いのパラソルが並んでいる。多くの人が肌をさらけ出し、波打ち際で遊んだり、ビーチチェアの上で夏の風を楽しんだりしている。地元の学生なのか、立ち並ぶ海の家のそばに制服姿の女子たちが見えた。ディープブルーに統一された水平線の上には、ヨットや離島が浮かんでいて、ひとつの絵のように見える。

――海だ。


電車に揺られて一時間、目的地に到着した。

改札から出て少しの間海を眺めてから、琉花たちは急いで更衣室に向かった。海水浴場が開いている時間は夕方までだ。残り時間は少ないし、景色を楽しむなら水着に着替えてからでもいい。

海の家に設置してある女子更衣室に入り、スクールバッグからコンパクトミラーとメイクポーチを取り出してそれ以外をロッカーに入れる。

「時間ないよー！　さっさと着替えてー！」

琉花が号令をかけると、隣のめいりがうっとうしそうにした。

「せかすのはいーけど、あんたも早く着替えなよ」

「へっへっへっ。その言葉を待ってた」

「はあ？」

困惑するめいりの前で、琉花はにっと笑うと、スカートの裾《すそ》に手をかけて布をそっとたくし上げていった。

「ちょ、あんたなにしてっ……」

慌てためいりが琉花のスカートに手を伸ばしかけ、その動きをぴたりと止めた。

「……水着？」

めいりの瞳《ひとみ》に白黒の線が映っている。

琉花がぷちぷちとボタンを外してブラウスを脱ぐと、中からゼブラ柄の三角ビキニが飛び出した。

「じゃーんっ！　家から着てきちゃったーん！」

ブラウスと同じくスカートも脱ぎ捨て、琉花はあっという間に水着姿になった。考えなしに動いているせいか、胸が激しく揺れてしまう。

胸を押さえるついでにトップスを整えていると、めいりが戸惑いながら言った。

「い、家から……？」

「うん。着替えの時間もったいないし。タイパ重視っすわ」

「授業中もそれ着てたってこと？」

「もち。つか、ビキニ着てると海行く感高まって気分アガッたわー」

「あ、あんたマジで小学生じゃん……」

下着姿のめいりに呆《あき》れられつつ、琉花が肩紐のチェーンを調整したり、ボトムスの食い込みを直したりしていると、

「むあっ⁉」

甲高い叫び声が聞こえた。振り向くと、水着姿のひなるが立っていた。

ひなるの水着は蛍光ピンクをベースにしていて、アクセントとして太めの白ラインが入っていた。ハイウエストのボトムスは横側が編み込みになっていて、引き締まったひなるの太ももが見えている。

スポーティな雰囲気がひなるに似合っていてかなりかわいいが、それよりも琉花には引っか

かることがあった。

　こんな短時間で着替えを済ませられるということは……。

「うー、るかちんとネタが被ったも……」

「マジ？　おひな、あんた最高！」

「めいちのツッコミ後はさすがにきついもー」

　ひなるががくりと肩を落とすと、ピンク髪が前に垂れた。海水浴のために気合を入れているのか、少しカールがかっていた。

「もうやだー。銀姐さん、スーちゃん、早く帰ってきてー」

　水着姿の琉花とひなるに囲まれてめいりが愚痴をこぼす。

　ヴァンパイアハンターのふたりは別の場所で着替えていた。手袋を防水性に変えなければいけないので仕方がないことだとわかっていたが、琉花としては心配だった。昨晩教えた海水浴のための知識を銀華はスエラに伝えてくれているだろうか。

　ほのかな不安を抱きつつ、琉花は日焼け止めクリームを肌に塗り、髪にＵＶスプレーを吹きかけた。スクールバッグの中にモバイルシャンプーとトリートメントがあることを確認して、ビーチウォレットにスマートフォンと小銭を入れる。

「準備終わりー」

　呟《つぶや》きながら横を見ると、めいりが着替え終わっていた。

めいりの水着は緑をベースにしたダマスク柄のハイネックビキニだった。重ね着風《レイヤード》なのか、腰のあたりから紐がボトムスへと伸びている。セクシーさもあるが、どこか落ち着いた雰囲気も漂っている。

「おめい……あんたほんとアカ抜けたね……」

琉花が中学時代のめいりの姿を思い出していると、めいりが照れくさそうに微笑んだ。

「ま、これでも読モやってるんで」

「ヤバ、なんか涙出そう……ワ……ワ……」

「どこ目線の感動よそれ」

「ダチ目線に決まってんでしょー」

めいりの成長を目の当《まあ》たりにして、海への期待感がむくむくと膨らんできた。

あー！　気持ちが抑えらんない！

支度《したく》を待たなくてはいけないのに体がそわついてしまう。外に飛び出したいという欲望が抑えられない。

そうして琉花が細かく跳ねていると、めいりが面倒くさそうに呟いた。

「……場所取りでもしてくれば？」

一秒後、琉花はレジャーシートとともに外に飛び出した。

外に出ると、晴れ渡る空と穏やかな海が琉花を出迎えた。登校する時の太陽はうっとうしいと思うこともあるのになぜ海水浴場では愉快ささえ感じてしまうのか。水着効果というやつなのだろうか。

胸を躍らせながら楽しそうな人々が溢《あふ》れるビーチを歩く。おもむろに周りを見渡すと、下に誰もいないパラソルを見つけられた。ビーチチェアがないことは少し残念だが、あそこでいいだろう。

こんな早く場所取りできるなんて、今日のあたし運よすぎ！

早足でパラソルへ向かい、レジャーシートを広げると、重しになるものを持ってきていないことに気がついた。四人が来るまでは自分が重しになろう。

そう思って琉花がレジャーシートにお尻《しり》をつけると、

「あれ？　ここって俺《おれ》らの場所じゃなかったっけ？」

頭上から男の声が聞こえた。

髪を後ろに流しながら見上げると、琉花のそばに若い男が三人立っていた。大学生ほどの年齢で、全員があごひげを生やしていた。

うわ、運悪～。

「あー、すんません。すぐどきます……」

琉花が立ち上がりかけた時、ひとりの男が別の男の胸筋にチョップを入れた。

「って、ちげーよ！　俺らのとこは隣だろ！　ほらあそこ！」

「え……？　あ！　そっか！　似たような砂だったんで間違えたわ！」

「砂で覚えるとか、お前動物かよ！」

琉花の前で男たち三人が笑い合っている。

楽しげな声の重なりでなごやかな空気が作られるが、どうにも不穏な雰囲気が隠しきれていない。

「いやー、ごめんね。迷惑かけちゃって」

「お前言葉だけじゃダメだろ。セーイがねーよセーイがさ」

「つーわけで、君、少し時間もらっちゃうけど、いい？」

三人の男が一斉に琉花に強い視線を向けてきた。

うお、これナンパか。

浮ついていたせいで気づくのが遅れてしまったが、この男たちは琉花にアプローチをしかけているようだ。

海水浴は解放的な気持ちになることも目的のひとつだ。

だから、男性がそういう欲を解放してもおかしくはないし、ある程度そういうことが起こるとも予測していた。だが、そうだとしてもエンカウントが早すぎる。

げんなりする気を抑えつつ、琉花は立ち上がりながら言った。

「やー、全然迷惑じゃなかったんで大丈夫っすよ。つか、ちょっとここらへん狭いんでやめとこーかなーって思ってたところなんで、ちょうどよかったっす」

空笑いで応《こた》える。ナンパを相手にするのは面倒くさいが、邪険にすると逆上される恐れがある。爆弾処理くらいの緊張感で対処しなければ。

「あ、遠慮させちゃってるな。お前らの圧が強いからだぞバカ」

「てかさ、友だち待ってんだったらその子たちも一緒に来ればいいじゃん」

「お前天才だな。それ採用！」

おー、こっちの意見ガン無視かよー。

早々に交渉を諦《あきら》めて海の警察である監視員の場所を確認する。少し遠い場所にいるが、あの人たちになんとかしてもらおう。

琉花がそんなことを考えていると、

「私たちの邪魔をするな」

冷たい声が聞こえた。

後ろを見るために男たちが体を傾けると、カーテンを開けたように向こう側の景色が見えて——その瞬間、琉花は男たちのことを忘れた。

砂浜の上に水着姿の四十七《しじゅうなな》銀華が立っていた。

豊かな胸を包む黒いトップスはツイストがかかっていてその大きさを強調している。ボトムスのリボンが風にそよぎ、花のように揺れている。肩から腕にかかるクリーム色のボレロには蔦柄が入っていて、彼女の持つミステリアスさを高めている。

琉花は反射的に目を薄くした。いつもは服やタイツで隠れていた銀華の肌が鏡のように太陽光を反射しているせいで直視することができない。

突然現れた銀髪水着美少女の登場に男たちも衝撃を受けているらしく、なにも言えずに呆然《ぼうぜん》と立ち尽くしていたが、そのうちなぜか腹を押さえて前かがみになり始めた。

「うぷ……」

「お前、どうし……あ……」

「なんか気分悪ぃ……」

籠もった声とともに彼らの健康的な肌から血色が失われていく。

男たちの明らかな異常に琉花が駆け寄ろうとすると、近づいてきた銀華が肩を押さえた。その体の周りはうっすらと銀色に光っている。祓気を使っている。

「日陰に行くことを推奨する」

銀華が言い放つと、男たちは無言で頷き、撤退していった。

トラブルから逃れることができたが、今の琉花にはどうでもよかった。

「琉花。単独行動は無防備になる。誰かと一緒に行くべきだったな」

話しかけられても琉花は反応できなかった。

きれーすぎでしょ……この人……。

銀華の美少女さがここまでだとは思わなかった。この海水浴場が彼女のためだけに作られたシチュエーションと勘違いしそうなほどの圧倒的な存在感が目の前から放たれ、琉花の体を縛りつけている。

ヤバい！　負けてる！　なんか気持ちが負けてる！

眉間《みけん》とみぞおちに力を入れて琉花はようやく我を取り戻した。水着姿なら昨日も銀華の家で見たし、そもそもあのビキニを選んだのは自分自身だ。しっかりしなければ。

琉花は銀華に礼を言った後、立ち去っていく男たちの背中を見つめた。

「あの人たちになにしたん？」

「遠隔で祓気を流して体調を崩させた。以前のように気を失わせるよりいい手段だろう？」

銀華はそう言うと、レジャーシートの上に膝をついて端っこのシワを伸ばし始めた。

「しかし、琉花は度々異性に絡《から》まれるな……容姿のよさだけが原因ではない気が……テンプテーション・ブラッドが関係しているのか……？」

銀華のなめらかな背中を見つめながら、琉花は別のことに気がついた。

「あれ、つか、祓気使って大丈夫なん？　監視がついてっから目立ちたくないって話は？」

スエラが日本に来た理由は、個人的には銀華の勧誘であり、組織的には銀華の監視だ。祓気の使用は監視チームが許さないだろうし、いくら話を聞かないナンパ男相手だからといって祓気で追い払うのは戒律的にもどうなのだろうか。

「それについてはスエラにも相談済みだ……遅いぞ、スエラ」

「す、すみません。ギンカ様、ルカ様」

ビーチの向こう側からスエラがやってきた。頑張って走ってきたのか息が弾《はず》んでいる。

スエラの水着は落ち着いた水色でスカートつきのワンピースタイプだった。胸の部分にはフリルがついていて、ウエストの部分と段になっているようにも見えた。腕を隠すためなのか、二の腕から手首にかけてゆったりしたアームカバーがついている。

「わー！　スーちゃん鬼かわ！」

琉花の口から感想が飛び出した。

水色の水着はスエラの赤髪と小麦肌によく似合っていた。抱きしめたいくらいかわいらしい。

「お、おにかわ……？」

「琉花の言葉で非常に愛くるしいという意味だ」

「あ、ありがとうございます……？」

スエラが困惑している。そんな姿も愛くるしい。妹になって欲しい。

そうして琉花がスエラに見とれていると、下から太ももをつつかれた。

「琉花」

銀華はレジャーシートのシワを伸ばしきったようで、重し代わりに足を揃《そろ》えて座っていた。

なぜかその顔は不満そうだった。

あれ、褒められなかったことで拗《す》ねてんのかな？

「……スエラの水着を見てなにか思わないか？」

「超かわいい！」

「そうではなく、それ以外に……具体的に言ってしまえば、鼠径部だ」

「は？　ソケーブ？」

そう言われてスエラの下腹部を見つめるが、彼女の鼠径部は見えなかった。ワンピースタイプの上、彼女はスカートをまとっているのだから、見えるはずがない。

「君、水着専門店で私に鼠径部について熱弁したことを忘れたか」

銀華に言われて琉花は水着専門店のことを思い出した。

あの時は鼠径部を出すことは海の掟とか女子の義務とか言った気がする。その目的はどうにか銀華にビキニを着せたいということだったが……。

あ、もしかして気づかれた？

琉花が黙っていると、銀華は険しい顔で睨《にら》みつけてきた。

「ロッカールームでひなると会ったが、君の言うような海の掟はないらしいし、ハイウエストボトムスなんてものもあるではないか。確かにウェットスーツは極端だったとは思うが、もっと落ち着いたものがあるのならそれを………あ、おい！　耳を塞《ふさ》ぐな！　逃げるな！」

更衣室から出てきたひなるとめいりと合流し、水着姿の写真をいくつか撮影した後、琉花は目的地である海に向かって人差し指をびしっと向けて、

「よーし、乗り込めー！」

「琉花、少し待ってくれ」

なぜか銀華に止められた。

勢いを削がれた思いになりつつ横を見ると、銀華が腰をかがめて伸脚をしていた。水着の面積が小さいせいで変なことをしているみたいに見える。

「え、銀姐さんガチストレッチしてんじゃん……どしたの？」

「遊泳するのだから柔軟はしておくべきだろう。君たちもするべきだ」

「ユーエー？　泳ぐわけないも。男子小学生《DS》じゃないんだから」

「そ、そうなんですか？」

体側を伸ばしていたスエラがびくりと反応する。よほど衝撃的だったのか、外国語でなにやらぶつぶつと呟いている。

「や、ビキニで泳いだらすぐポロリだし。海に浸かったらすっげー髪痛むし。プールと違って危ないとこ多いし……遊ぶにしても浅瀬っしょ」

琉花が代表して困惑するヴァンパイアハンターたちに言うと、その答えに満足がいかないの

か、彼女たちはますます顔をしかめた。

「しかし、遊泳しないのなら海になにをしにきたんだ？」

「のんびりしに」

「まさか琉花からそんな言葉が出るなんて……」

失礼な言葉に口元が山の形になったが、琉花は言い返すことを我慢した。今日は銀華とスエラの距離を近づけることが最優先目的だ。雰囲気を悪くしてはいけない。

ここは外国から来たスエラに日本文化を教えるという教師的な心構えでいこう。

「海の音とか、海の風とか、海に来てる人たちを眺めて、夏感じちゃって、青春を噛《か》みしめるってわけ。これがヘーアン時代から伝わるエモいやつ、ワビサビってやつよ」

「わびさび……ンン……」

スエラは琉花の主張に納得がいかないのか、猫のように低い唸《うな》り声を出していた。

ここは銀華に説得を任せたほうがいいかもしれない。スエラと距離を縮めるために海水浴に来たというのは銀華も知っているのだし。

頼りにするつもりで銀華に目を戻すと、彼女は仏頂面で腕を組んでいた。

「いや、やはり海に来て泳がないなど理解できん。私は泳ぐぞ」

あー！　こっちも全然納得してねー！

銀華は腕組みを解くと、スエラに真剣な表情を向けた。

「スエラ、行くか？」

銀華に誘われると、スエラの表情が劇的に明るくなった。

暗かった目に光が灯り、小さな口に大きな笑顔が浮かぶ。両手が小刻みに揺れると、胸の横でぎゅっと握られた。

「お、おともします！」

スエラが快活に答えると、ふたりのヴァンパイアハンターは海に向かって猛ダッシュしていった。

琉花やひなるならともかく銀華がこんな行動をするとは思っていなかったので、三人は呆気《あっけ》にとられて固まってしまった。

「行っちゃったも……」

「なんかスーちゃんの足、光ってない？」

「き、気のせいだって」

嬉しくて祓気漏《も》らすとか、スーちゃんテンション上がりすぎっしょ！

これはフォローのために自分も海に行くべきか、と琉花が考えていると、隣のピンク頭がぴょんぴょんと跳ね始めた。

「ずるい！　ひなも泳ぐも！」

「え……おひな、あんたさっき男子小学生じゃないとか言ってなかった？」

「心はいつも男子小学生《DS》だもー！」

「うわ！　すっごいジャンプ！」

ひなるはその場でパラソルを越えそうなほどの跳躍をすると、ダンス部で鍛えた脚力を活かすようにビーチを駆け抜けていった。

残された琉花とめいりは真顔で顔を見合わせた。

「あーと……めい、どーする？」

「ウチはのんびり派だし、ここで荷物番しとくわ」

めいりは耐水ポーチからスマートフォンを取り出すと、レジャーシートの外に指をつけた。いじけているというわけではなく、写真用に砂になにかを書くつもりらしい。

琉花は笑顔をつくると、めいりにピースサインを向けた。

「じゃー、あたしもいってきます！」

めいりのスマートフォンで写真を撮ってもらった後、琉花は海に向かって走った。


結局のところ普通に泳いでしまった。

髪が傷むのでやめておこうと思ったのに、髪をまとめることもなく、海に長時間漬かってしまった。それどころか髪の毛が海面でぶわわと広がるのを見て楽しんでしまった。

銀華とスエラの遠泳を眺めて笑い、ひなると水鉄砲しあって笑い、めいりと砂でよくわからない像をつくって笑った。砂浜はダンスの訓練に向いているということで、なぜか五人でダンスを踊ることになった。

ダンスの後、海の家にかき氷があったことを思い出した琉花たちは、買い出しのためのじゃんけんをすることにした。

勝ったのは琉花、めいり、銀華。負けたのはひなるとスエラだった。

「仕方ない……スーちゃん、このひな姉《ねえ》についてくるも」

「は、はい」

うわ！　お姉ちゃん気取りかよ！　ずっる！

目標を先取りされたことに衝撃を受けつつ、琉花がふたりを見送っていると、ふと不安な感情が湧いてきた。

ひなるは面倒見がいいのでスエラを任せても大丈夫だろうし、スエラはああ見えてもヴァンパイアハンターなのでトラブルに巻き込まれても対処できる。身長は小さくてもあのふたりの戦闘力は結構高い。

わかっていても心配な気持ちは止められない。自分もついていったほうがいいだろうか。

意見を求めるために銀華を見ると、彼女は腕を組んで肩を揺らしていた。

「もしかして……心配してる？」

そう聞くと、銀華はむっとした表情をつくって琉花から顔をそらした。

「別に心配などしていない。買い物くらいあの子にだってできるだろう」

「そーっすねー」

銀華のわかりやすい嘘《うそ》を聞いてにやついてしまう。

やっぱ銀華は優しいなー。

琉花がからかうように銀華に体をよせていると、後ろから声が聞こえた。

「あんさ、銀姐さんってなんで写真をネットに上げたらいけないんだっけ？」

銀華とともに振り返ると、スマートフォンで写真を見ているめいりの姿があった。

流行に敏感なＪＫとして、インターネットに関われないことが引っかかるらしい。

「家の決まりで、インターネットに映像メディアをアップロードしてはいけないということになっているんだ」

「それってなんとかなんないの？」

「ム……」

めいりの食い下がりに銀華は少しだけ戸惑いつつ言った。

「家の決まり……とは言ったが、皮膚病関係でもある。病院と情報についての契約を結んでいるから、そういう方面でもやはり難しいだろうな」

「契約っていつか切れたりしないの？」

「ム……ム……」

珍しくぐいぐい来るめいりに対して銀華がたじろいだ。

本当のことを話せれば楽なのに、と顔に書かれている気がするが、戒律について話すわけにはいかないのでごまかすしかない。

しゃーない。フォローしてやるか…………いや、そのヒツヨーある？

「おめい、それな！」

「は？」

「や、あたしも戒り……その決まりごと無視できないのか気になってたんだよね。なんとかなんないの？」

めいりは詳しい部分を知らないとはいえ、戒律について不満を持っているのは琉花も同じだ。変えられるものなら変えてしまいたい。

琉花がめいりについたのを見て、銀華は呆れ混じりの溜《た》め息《いき》をついた。

「私は家の決まりや契約を守ることで高校に通えているようなものなんだ。君たちの提案は嬉しいが、在学中の破棄は難しいし、それを論じることすら危険で……これ以上の問答はしないぞ」

ぴしゃりと言われて琉花とめいりの口が閉じる。

決まりや契約に文句を言うだけで学校に通えなくなるかも、なんて言われればそれ以上言うことはできない。

「絶対モデルとか向いてると思うんだけどなー……」

めいりが拗ねるように言葉をこぼすが、それには反対したかった。

確かに銀華は顔がいいが、その美しさは手の届かない領域まで踏み込んでいる気がする。少女たちの目標《モデル》とならなければいけないファッションモデルとしては、美少女すぎて逆に不向きだろう。

銀華は口元に指をよせると、ぼそりと呟いた。

「モデル、か……」

「あれ、モデルには興味ありより？」

めいりが聞くと、銀華はゆっくり首を振った。

「いや、ファッションモデルにはないよ。ただ……」

その後の言葉は聞けなかった。なぜなら、砂浜の向こう側から、

「サウナー！」

という絶叫が聞こえてきたからだ。

琉花たちが振り向くと、かき氷を抱えたひなるが血相変えてこちらに走ってきていた。

「あ、あっちにテントサウナがあったも！」

テントサウナというワードを聞いて、琉花の興味が一瞬にして塗り替えられた。なんだそのワクワクする施設は。

「マジ⁉　どこ⁉」

「あっちだも！　ね！　スーちゃん！」

「は、はい！　もくもくしてました！　もくもくしてました！」

「行くしかないっしょそれ！」

ひなるからかき氷を受け取った琉花は、ブルーハワイシロップで青く染まった氷を一口食べると、テントサウナに向けて爆走することにした。

うおー！　待ってろテントサウナ！


あっという間に夕方になり、閉場時間が近づいてきた。

楽しい時間が早く過ぎることなんて知っているつもりだったが、今日の海水浴はあまりにも早い気がした。五分も経《た》っていない気がする。

あと何回か来ないとなー。

琉花がレジャーシートに座りながらオレンジ色に染まる波を眺めていると、波打ち際で遊んでいるスエラと目が合った。

琉花が手招きをすると、スエラが子犬のように近づいてきた。

「ルカ様。どうしましたか？」

「んー、ちょっとスーちゃんと話したくて」

「私とですか？」

「うん。座って座って」

琉花はその場に横たわり、レジャーシートをぽんぽんと叩いた。ホワイトブロンドに染めた髪が体にへばりつき、先から水を滴らせている。

「ひゃー、髪べちょだー」

「私もです」

琉花が髪を絞っていると、スエラが膝を抱えて隣に座った。

こうして見ると本当にスエラは小さい。小学生と言われても信じてしまうくらい幼い容姿をしているし、怪物と戦うことのできる超人のひとりだとはとても思えない。

いや、その考えはシツレーだわ。

彼女は狩人同盟に鍛えられ、祓気を使用することができる立派なヴァンパイアハンターだ。実戦経験はないとはいえ、戦士のひとりであることには変わりないのだ。

スエラへの認識を改めてから、琉花は彼女に話しかけた。

「スーちゃん、今日どうだった？」

遊びの感想を聞くなんて野暮《やぼ》だとわかっているが、これからする話のためには彼女の今の気持ちを確認しておかなくてはいけない。

スエラは少し悩むような表情をとった後、恥ずかしそうに言った。

「楽しかった……と思います」

「………よかったはー」

琉花が大げさな安堵《あんど》を見せると、スエラがくすくすと笑った。屈託《くったく》のない笑顔を見てますます気持ちがゆるんだ。

この雰囲気だったら話せそーだね。

琉花はスエラのワンピース水着のスカートを指で弄《もてあそ》びながら話し始めた。

「昨日さー、銀華に色々教えてる時にスーちゃんのこと聞いてみたんよ」

銀華の名前を出すとスエラの笑顔がひっこんだ。今日一日遊んだというのに、まだスエラと銀華の壁は壊されていないらしい。

ま、そこをなんとかするのがあたしの仕事だけど。

「なんか、銀華はスーちゃんに故郷に帰って欲しいんだって」

「故郷……メキシコに、ですか？」

「うん。ヴァンパイアとの戦いは終わったんだし、普通の女の子みたいな生活をして欲しいんだって。住んでた村がなかったとしても、スーちゃんにとってはメキシコが故郷なんだし、そこで楽しく暮らして欲しいんだって……ぶっちゃけ、あたしもそう思うよ」

琉花の話を聞いてスエラが険しい顔をした。

「私は狩人同盟に所属するヴァンパイアハンターです。怪物を倒すための訓練を受け、怪物を倒すための力を授けていただきました。倒すべき相手がいなくなったとしても、世の人々を救うため、平和を守るため、これからも生き続けるつもりです」

スエラの答えは自分に言い聞かせるようだった。自分の殻に閉じこもっていくような、暗い話し方。

「ルカ様にはお話ししましたが、私はギンカ様に命を救われ、あの方のようになれたらという思いでハンターを志しました……実力が不十分だということは自覚していますが、ギンカ様のようなハンターを目指すことは私にとって譲れない部分です」

このままでは銀華との間だけでなく琉花との間にも壁がつくられてしまう。新たな軋轢《あつれき》が生まれる前になんとかしなくてはいけない。

顔には出さずに琉花が焦《あせ》っていると、スエラは琉花から視線を外した。

「ですが、今日のギンカ様は……普通の……私より少し年上の……少女だった気がします」

スエラの視線の先では、波打ち際でめいりやひなるとたわむれる銀華の姿があった。

眩《まぶ》しいものを見るような表情をした後、スエラは膝に顔を埋めた。

「ギンカ様には否定されましたが、今でも私は狩人同盟が壊れ続けていると思っています。あの方がご帰還なされば改善できることは多いはずで……ですが、今日のギンカ様を見ていると、お戻りいただくことが正しくないような気がして……」

スエラの肩が震えている。

夢。組織。命令。生き方。葛藤。この小さな肩には色々なものが乗っている。その数は普通の少女である琉花には理解できないほど多く、重い。

「私はいったいどうすればよいのでしょうか……なんのために日本に……」

琉花は体を起こすと、スエラと同じように体操座りになり、彼女に自分の体を寄せた。

「んじゃさ、どーすればいいかあたしと一緒に考えない？」

「え？」

スエラが顔をあげると、ヘーゼルカラーの瞳から一筋の滴《しずく》が流れた。

夕焼けで橙色に染まった涙を琉花は丁寧に指で拭って、微笑みをつくった。

「ほら、だってあたしとスーちゃんってスクトモじゃん？」

「すくとも？」

「あたしも銀華に助けられたあっからさ。あたしら救われ友だち。だから、スクトモ」

「そういう日本語があるのですか？」

「んーん。だから、あたしらだけの言葉だね」

琉花が手を銃の形にして、親指を自分、人差し指を相手に向けると、スエラの顔から表情が抜け落ちた。夕日に照らされているからだろうか、その顔は彼女の髪と同じくらい赤色に見えた。

「ルカ様……」

スエラはその後になにも続けなかったが、答えなんて聞かなくてもわかっている。彼女は自分と一緒に解決法を探してくれる。

琉花とスエラが微笑み合っていると、

「どうだ、スエラ。琉花がどういう人間かわかっただろう？」

いつの間にか銀華がそばに立っていた。

なぜかその表情は誇らしげだったが、琉花としては噂《うわさ》していた人物のご本人登場に気まずさしかなかった。

琉花が体を離していくと、スエラは心細そうに銀華を見つめた。

「ギンカ様……」

「スエラ。お互い言いたいことはあるだろうが、今日だけは忘れることにしないか」

優しい声色でそう言うと、銀華はクリーム色のボレロと黒い長手袋に包まれた腕をスエラに向かって伸ばした。

「シャワーを浴びに行こう。海水浴後は適切なケアをしなければ肌や髪が傷んでしまう……琉花からの受け売りだがな」

「……はい」

銀華におずおずと手を伸ばし、スエラはレジャーシートから立ち上がった。

手を繋《つな》いだまま銀華とスエラが隣り合って海の家に向かっていく。その姿は仲のいい姉妹のように見えた。

「んー、ええ話やー……」

琉花がうんうんと頷いていると、銀華が振り向いた。

「琉花ー！　君もだぞー！」

「あ……あーす！」

銀華の呼びかけに立ち上がった琉花は、海の香りを肺いっぱいに吸い込んでから、レジャーシートとともにシャワー室に向かった。

六章　再会した時っておひさで合ってる？

イングランド北部。とある聖堂の地下深くにその施設はあった。

狩人同盟訓練所。多くの狩人候補がここで生活し、訓練を受け、狩人として輩出されていく。

十歳になったばかりの銀華《ぎんか》は訓練所の広間に立っていた。

広間には多くのバルーンが膨らんでいた。人間の大人ほどのサイズのそれには怪物を模したイラストが描かれており、威圧するかのように銀華を取り囲んでいた。

部屋に短い電子音が鳴り響く。間隔を置いて鳴ったそれは、最後に長い音を奏《かな》でると、それまでが嘘《うそ》のように静かになった。

瞬間、バルーンが一斉に動き始めた。

左手に祓気《ふっき》の槍を作り出し、右手で空中を撫《な》でて銀色の矢を形成する。

「ハアッ！」

一直線に向かってくるバルーンに矢を射出すると派手な音が鼓膜を揺らした。こちらの動揺を生むための音による妨害。それに動じずに槍を振るうと、特別な仕込みをしてあったのか、ひとつのバルーンから粉がばらまかれた。足裏で祓気を放射して視界が悪くなった場所から遠ざかる。背中から襲い来るバルーンを蹴《け》りで対処し、逃げ回っているバルーンに向かって祓気のナイフを投げつける。

そうして順調に数を減らしていると、突如として部屋の電気が落ちた。真っ暗になった視界の中で探知用の祓気を周囲に充満させる――背後に気配。

前進しながらコートの中から聖銀の粉を取り出して上空に投げると、真っ暗だった部屋が一気に明かりに照らされた。銀華の後ろにいたのは黒い粘土質の怪物だった。

「……眷属《けんぞく》か」

訓練所に眷属がいることに驚いたが、その驚きもすぐに鎮まった。眷属を倒したことは何度もあるし、この試験中に動揺を見せるわけにはいかない。

手のひらに祓気を凝縮させ、眷属に向けて放つ。渦状になった銀色の光は眷属の胴体を貫くと、巻き込むように眷属の体を壁まで吹き飛ばしていった。

眷属が黒砂に変化したのを確認した後、銀華はバルーンとの対決に戻り、数分も経《た》たないうちにその数をゼロにした。

訓練終了を告げる無機質な音が鳴ると、部屋が徐々に明るくなっていった。

「暗所での対応も身についたようだね」

へしゃげたバルーンたちの中に銀髪銀眼の女性が立っていた。

目尻にしわが刻まれているが、肌のたるみはなく、それより下はマスクで隠されている。銀華の祖母であり師匠。〝パイヴァタール〟の二つ名を持つヴァンパイアハンター。彼女の正確な年齢は孫である銀華でさえ知らない。

師匠は砂と化した眷属を確かめると、愉快そうに目を細めた。

「しっかし、やっぱりあんたはあたしが見てきた狩人の中でも飛び抜けてるね。どうしてあんな娘からあんたみたいなのが生まれたのか……日本じゃあんたみたいなのを鬼子って言うんだってね」

師匠は嗜虐的《しぎゃくてき》に話しながら、黒砂の上に立って銀華を見下ろした。

「試験がうまくいったからといって図に乗るんじゃあないよ。風船人形や眷属なんぞ倒したところで訓練生にも自慢できない。今回の試験はあんたの扱いについてお偉方を納得させるためだけのデモンストレーションだってことを忘れるんじゃあない」

師匠の周りに圧迫感が充満している。祓気も出ていないのに、なぜここまで刺々《とげとげ》しい空気を出せるのか。

「はい。師匠」

銀華が淡々と返すと、師匠は雰囲気をやわらげて黒砂の上から降りた。

「精神の練度も上々。ま、あたしが手ぇかけてるんだからそうでないと困るけどね」

威圧的な相手や困難な状況にも揺れ動かない心を持つ。

その精神を実現するために師匠は銀華に度々《たびたび》プレッシャーをかけてきた。狩人の中にはこのトレーニングに意味がなく、師匠の性格が悪いだけだという者もいたが、その人たちでさえ師匠が優秀な狩人だということに異論をはさむことはなかった。

「ひと月後、あんたを実戦に投入する」

銀華を見ないまま、師匠ははっきりした口調で言った。

実戦。ヴァンパイアとの殺し合い。血みどろの争い。

そこに臨むために今まで自分は訓練を行ってきた。祓気の制御。体術。狩人たちとの連携や指示。銃弾相手の訓練もこなしたし、事務処理の知識も詰め込んだ。

しかし、銀華の心にはさざなみさえ立たなかった。

「ヴァンパイアと戦った時の生還率は五十パーセント。接敵すれば確実に半分が死ぬ。あたしの同期はもういないし、弟子も何人も死んでいった。あんたが傑作なのは認めるけど、もしかしたら現場に出て五秒後に死んでいるかもしれないね」

自分の死を告げられても心は動かない。

師匠が戦場へ行ってもよいと言ったのだ。それだけは揺るがない事実だ。

「だが、もし生き残れたらあんたは間違いなく英雄になるだろう。多くの人を救い、多くの人の死を見ることになる……けして称賛は受け取れないし、受け取ってはいけない。その覚悟はしているだろうね？」

「はい。師匠」

そんなことは覚悟の上だ。

自分は狩人同盟の『無辜《むこ》の人々を守る』という理念に憧《あこが》れて狩人になったのだ。人々を守ることができれば賛辞などは不要。むしろ、生活や命を守れたという事実こそが狩人にとっては至上の称賛ではないだろうか。

「……と、なるとあんたが注意すべきは狩人だね」

しかし、次の忠告はよくわからなかった。なぜともに戦う人々に注意しなければいけないのだろうか。

困惑する銀華を楽しげに眺めながら、師匠は皮肉げな口調で言った。

「考えてみな」

師匠はレッスンとして銀華に考えさせることがあった。銀華は兵士ではなく狩人だ。自分の頭で考えられなければ状況は打開できない。そういうことだった。

なぜヴァンパイアに勝った場合、自分は狩人に注意しなければならないのか?

答えはすぐに出た。

「私のすべてを見るから、ですか」

銀華の答えに師匠はつまらなさそうに頷《うなず》いた。正解ということらしい。

「英雄になったあんたの功績を狩人たちはすべて見ることになる。あんたを称賛する者や憧れる者は必ず出る。あんたに嫉妬《しっと》する者や恨む者も出るかもしれない。英雄っていうのはそういうもんだからね。そこはさっさと諦《あきら》めな」

師匠は寂《さび》しそうに微笑みながら銀華を見つめた。

「あんたが一番注意しなくちゃいけないのは依存する者だよ。そいつらはあんたのことを英雄どころか救世主と思い、敬い、すがり、あんたのことを支配しようとする……」

師匠の目には銀華の知らない感情が浮かんでいるように見えた。銀華とよく似た銀色の目が波しぶきが立つように揺れている。

「銀華。けして救った者の言葉に溺れてはいけないよ」

仲間すら信用するな。師匠が言っているのはそういうことだ。

そんなことも覚悟の上だ。

「はい。師匠」

銀華は無表情のまま頷いた。

◆　◆　◆

海水浴から帰ってからも琉花《るか》の『銀華とスエラの距離を近づけよう作戦』は続いた。

ふたりと一緒に街に出かけたり、水族館に行ったり、県外の祭りに行ったりした。流石《さすが》にスエラを連れてクラブに行こうとした時は銀華やめいりに止められてしまったが、音楽ライブに行こうという約束は取り付けた。

週明けの短縮授業を終えた琉花は、今日も今日とて『ビアンコ』で働いていた。

「おまたせしやしたー」

トレーから生チョコケーキと飲み物を取り、銀華とスエラが座るテーブルに並べていく。ブレンドコーヒーは銀華に。コーヒーが飲めないスエラの前にはオレンジフレーバーのアールグレイを置く。

「今日は私の支払いだ。存分に食べろ」

スエラに向かって言うと、銀華は色艶《いろつや》のいい唇をカップにつけた。学校から帰っても着替えていないらしく、彼女は学生服のままだった。

対面のスエラはいつもの黒服ではなく、Tシャツにサロペットを重ね着していた。これは一昨日街に出た時に琉花がコーディネートしたもので、赤い髪に似合った活発な雰囲気が出せている気がした。

スエラがためらいがちにケーキを口に運ぶ。

「あまい……です……」

あれ、意外と反応薄いな。

琉花が不思議さをそのまま表情に出していると、スエラが頭を下げた。

「すみません。私、味覚が鈍くて」

「え、あ、いやいや、謝らなくてもいーって」

味の好みなんて人それぞれだ。彼女の舌にこのチョコケーキが合わなかっただけなので、自分を卑下してまで謝る必要はない。

琉花が戸惑っていると、銀華が呟《つぶや》いた。

「スエラ、その言い方では食事が美味ではないという誤解を招く可能性がある。君が過去の事件によって味覚に問題を抱えていると正確に伝えるべきだ」

銀華が言った過去の事件とは、スエラの故郷がヴァンパイアに襲撃されたことだろうか。

村を焼かれ、親を焼かれ、自身も殺されかけた。そんなこともあれば問題を抱えないほうがおかしい。そういえば何度か食事を一緒にしているが、彼女の口から美味《おい》しいということを一言も聞いていていない気がする。

殺伐とした部分を出させてしまったことに琉花が罪悪感を覚えていると、銀華が吐息混じりに続けた。

「味覚が鋭敏でないことは狩人としてすばらしいことだ。サバイバルでは味の選《よ》り好《ごの》みをしていては生き残れないからな」

銀華はフォークを手に持ち、眼の前のケーキに沈み込ませた。

「だが、戦いが終わったこれからは味わえるようになるべきだ……焦《あせ》る必要はない。ゆっくりとでいい」

そう言うと、銀華はフォークを持ち上げて口の中にケーキを放り込んだ。

食べている間は話さなくてもいい。銀華なりの照れ隠しを琉花がにやにやと見つめていると、スエラの視線に気がついた。

店員である琉花はどう思うのか、ということだろう。律儀な子だ。

「スーちゃん！　あたしもそう思うよ！」

琉花が頷くと、スエラは小声でぽしょぽしょと呟いた。

「ありがとうございます……ギンカ様……ルカ様……」

スエラの顔色は冴《さ》えなかったが、確実に彼女と銀華の距離は進展している。


友人が来店したことや来客数が少ないことを言い訳にして、琉花は『ビアンコ』を早上がりにしてもらった。

晴れ渡る青空の下、琉花は銀華とスエラとともに盛黄《もりき》家へ向かう。

「今日はふたりともうちに泊まってきなよ。りょ……お母さんもいないし、パジャマパーティーすべ」

琉花が唐突にパジャマパーティーを提案すると、銀華は逡巡《しゅんじゅん》する様子を見せてから言った。

「泊まるのはいいが、着替えを持ってきていないので一度家に戻ってもいいか」

「だいじょぶだいじょぶ。着替えはあたしの新品貸すよ」

「い……いや、そうするくらいならば、コンビニで購入する」

「エンリョすんなよー」

「遠慮ではなく、緊急事態でもないのに他人の下着を拝借するのは気が引けるし、君の下着はなんというか…………派手だ」

「え、派手な方が気合い入ってよくね？」

琉花が驚くと、銀華が顔をしかめた。無言の抗議ということらしい。

身につけているものの色が鮮やかで明るいほど気力が増す感じがするので、琉花としては下着も派手なほうが好きだったが、銀華にとってはそうではないようだ。思い起こせば彼女はたいていスポーティな下着をつけていたような気もする。

「スーちゃんはどう？」

話題の矛先をスエラに向けると、彼女は思い悩んだ様子でうつむいていた。

まだケーキのこと気にしてんのかな？

「スーちゃん？」

名前を呼ぶと、スエラは不思議そうな目を琉花に向けた。

「なぜルカ様は私たちにお優しくしてくれるのですか？」

「えっ？」

唐突な質問に死角からの一撃を食らったような心地になった。

なにを聞き出すための質問だろうか、と思ってスエラを見下ろすが、彼女は真剣な目で見返してくるだけだった。

「あーと、それは……」

かつて銀華にも同じ質問をされたが、自分が優しい理由なんて特にない。

あの時の銀華は勝手に納得してくれたが、スエラ相手にはきちんと言葉にしてあげなければいけない気もする。だからといって答えはすぐに思い浮かばない。バイト疲れもあって頭が回らない。

そうして琉花が言いよどんでいると、

「この間もおっしゃっていましたが、ギンカ様に救われたから、なのですか？」

とスエラが先に言った。

「あーね……それはあるかも」

その答えは琉花の中にすとんと落ちる気がした。

自分は銀華に命を助けてもらったことをきっかけに彼女との距離を縮めていった。そういう意味では、彼女に優しくする機会が生まれたのも命を助けてもらったからと言える。

そう思って微笑みながら銀華を見ると、なぜか表情が硬かった。

「まー、そのへんもうちに来てから……」

琉花が盛黄家を示すために道の先に手を伸ばすと、突如として空気が変わった。

時間が進んだことで太陽の光にアンバーが混ざったからではない。湿度が上がったことで首にねっとりとした風がまとわりついているからではない。セミの鳴き声がぴたりと止《や》んだことで静寂が路地を支配しているからではない。

道の中央にダークスーツ姿の三人が立っていた。

くすんだ金髪を真ん中で分け、常に片目を閉じている白人女性がひとり。

巨岩のように大柄で、顔に大きな傷がついた白人男性がひとり。

長髪を後ろで結び、サングラスをかけたアジア系女性がひとり。

全員が黒い服を着こなし、こちらを品評するように見つめていた。

琉花の胸がざわついた。ひと月前、あの男と遭遇した時と同じ不安感。きっとこの直感は間違っていない。

琉花たちが足を止めると、集団の中から片目を閉じた女性が一歩前に踏み出した。

「お久しぶりです！　ギンカ様！」

女性の声が通路に轟《とどろ》く。他のふたりと違って彼女の目線は銀華に一直線だった。そばにいる琉花やスエラには一瞥《いちべつ》もくれず、銀華に対して目を釘付けにしていた。

「ベサニー・リッチモンド……そうか。監視メンバーはあなたたちだったのか」

銀華が抑揚ない声で女性の名前を呟く。

前々から銀華はスエラ以外の監視メンバーのことを気にしていた。どうやらこの三人が該当のメンバーということらしい。

ベサニーと呼ばれた女性は銀華に名前を呼ばれたことが嬉《うれ》しいのか、体を小刻みに震わせていた。

あのおねーさん、なんかやべーもんやってない？

琉花が持った感想を銀華も抱いたのか、彼女は警戒心を持った口調で言った。

「監視対象である私の前に姿を現したのはどういう意図だ？　捕縛《ほばく》でもしにきたか？」

「捕縛？　私たちが？　あなた様をっ⁉」

銀華と言葉を交わす度にベサニーの調子が上がっていく。

「そんな恐れ多いことはいたしません！　私たちは謝罪に来たのです！　この度はギンカ様への監視などという無礼な真似を行い、申し訳ございませんでした！」

謝罪の声とともにベサニーが勢いよく頭を下げると、後ろのふたりもゆっくりと頭を下げた。

彼らはベサニーほどハイになってはないらしい。

「謝罪ということは、監視は終了ということか？」

「ええ。ギンカ様にかけられていた疑惑は完璧《かんぺき》に晴れました。少し早めですが、監視任務はこれで終わりです！」

溌剌《はつらつ》とした口調で言うベサニーはうさんくさかったが、銀華が反応しないところを見ると嘘は言っていないらしい。

銀華への疑いがなくなったことにほっとする一方、監視任務の終了が意味することに気づいて、琉花の体が硬くなった。

この瞬間、スエラがここにいる意味がなくなった。

ベサニーは銀華から視線を外すと、スエラに暗い目を向けた。

「スエラ。任務終了よ。私たちと合流なさい」

言葉の調子も態度も銀華に向けていたものとは明らかに異なっている。口には笑みが浮かんでいるが、それは形式的なものにすぎない。

スエラを行かせてはいけない。

直感に反するようにスエラは琉花たちから離れていった。自分の私服姿を恥ずかしいと思っているのか、肩を落としてダークスーツの人々に近づいていく。

「ちょ、スーちゃん。待っ……」

「待たないわ」

スエラに向ける態度と同じく、琉花に対するベサニーの声は冷たかった。

「あなたはルカ・モリキちゃんね。あなたには今までスエラのことで迷惑をかけてしまったみたいね」

「や、迷惑なんて……」

「でも、これ以上はこちらのお話だから。ごめんなさいね」

言い伏せるような声。これ以上の抗議を許さないという拒絶。彼女の言う通り、これ以上はあちらの世界の話だ。本能的にまずいと思っているのに、打つ手がない。

いや、ある。隣にいる。

「ぎ、銀華、スーちゃんになにか言うことあるっしょ?」

この友人は最強のヴァンパイアハンターだ。彼女が動けばこの場の人々は従うだろうし、銀華もスエラをこのまま行かせてはいけないと思っているはずだ。

期待する琉花の隣で、銀華は静かに口を開いた。

「スエラ。狩人同盟に帰り、己《おのれ》の職務をまっとうしろ」

愕然《がくぜん》とする琉花の横で、銀華は普段どおりの冷たい表情で言った。

「……はい」

スエラは無感情に返事をすると、ダークスーツの人々とともに姿を消していった。

スエラを見送った後、ふたりはぎこちない雰囲気をまといながら盛黄家へ足を進めた。

『ビアンコ』から感じていた浮ついた気持ちは薄れ、痛々しい雰囲気だけが漂っていた。お互い黙っているが、なぜこうなったのかはわかっている。

「あんさー、あのまま行かせてよかったの?」

琉花が話しかけても銀華は黙ったままだった。スエラについての話題は無視するつもりなのかもしれない。

……リアルで既読無視できると思うなよ。

「なんかさー、ショーカフリョーっつーか。もうちょいスーちゃんと話したほうがよかったとるかちん的には思うんすけどー」

核心部分に突っ込むと、銀華はようやく横目をよこした。

「スエラは監視のために来日した。その任務が終了したのだから、彼女が私たちと行動する意味は皆無だ」

銀華の態度はそっけなく、スエラがいなくなったことへの感傷は微塵もないように見えた。

「あの様子を見るに、監視チームのリーダーはベサニーだろう。リーダーが撤退すると判断したのならばそれに従うべきだ。狩人同盟も無尽蔵に人員を割けるわけではない。任務が終了したのならば素早く本部に帰参するべきだ」

相変わらず銀華の意見は正論だった。文句のつけようのない堅固な意見。

黙りこむ琉花の前で銀華は静かに続けた。

「スエラはいなくなったが、電話やメールなど連絡の手段は多々ある。話し合いの機会が絶えたわけではない」

「でもさ、こーいうって顔を合わせたほうが……」

「これは私とスエラの話だ。君が関与することではない」

鞭《むち》で叩《たた》くような拒絶に琉花は戸惑った。

銀華はわざとスエラに対しての対応を適当なものにしようとしているようだ。ここ数日一緒に遊んだことでふたりの距離は縮まったと思ったのに。自分の勘違いだったのだろうか。

いや！　そんなことない！

「やっぱおかしーって！　あの人たち雰囲気変だったじゃん！　キメキメだったじゃん！」

「それは君が狩人について知らないゆえの感想だ。狩人とはたいていああいった雰囲気だ」

「あれがデフォならもっとやべーじゃん！　銀華、スーちゃんが連れてかれたことになにも思わんわけ？」

銀華は溜《た》め息《いき》をついた後、苛立《いらだ》ち混じりに言った。

「ではなんだ？　君は今から私に監視チームを追いかけて任務延長の働きかけをしろと言うのか？　もしくはスエラを日本で暮らせるように狩人同盟を動かせと？　それとも私に狩人同盟に戻れとでも言いたいのか？」

なじるような反論に気圧《けお》される。こんな銀華を見たのは初めてかもしれない。

「そ、そこまで言ってないじゃん」

たじろぎながら琉花が返すと、自分でも感情的になっていると気づいたのか、銀華は恥じるように目を閉じた。

「……私は狩人同盟には戻らない。彼らの運営に対して関《かか》わらない。それが師匠に命じられたことだ」

関係ない人間の名前を出されて琉花の心の調子が乱れた。今は琉花と銀華とスエラの話だ。銀華の師匠は関係ない。

「じゃ、もし師匠が言わなかったらどーしたの？」

かつてためらった質問を勢いのまま聞いてしまった。

しかし、後悔はしなかった。いつか聞かなくてはいけないことだと思っていたから。

「それは……」

銀華が言いよどむ。神秘的な銀色の目が後ろめたさで揺れ動く。

それこそが答えだった。

考えてみれば当たり前だ。復学したてよりは馴染《なじ》んだとはいえ、銀華の学校生活は順調といえない。力は隠さなくてはいけないし、戒律《かいりつ》のせいで不自由な生活を強いられている。一歳年下のクラスメイトに囲まれるということにも疎外感を覚えているかもしれない。

それならば自分の性質を理解し、力を発揮できる組織にいたほうが居心地はいいはずだ。最強のヴァンパイアハンターであり、最後のヴァンパイアを討伐した英雄。組織内での地位も約束されているし、尊敬も勝ち得ている。その上、その組織の構成員たちは度々銀華に助けを求めている。彼女の気質ならば手を握りにいきたいに違いない。

――四十七《しじゅうなな》銀華は狩人同盟に戻りたいのだ。

彼女の行動を封じているのは師匠の言葉のみ。もしかすると彼女はその言葉を煩《わずら》わしく考えているのではないか。

再び訪れた沈黙を琉花は破ろうとはしなかった。そして銀華もなにも言わなかった。

盛黄家の前にくると、琉花と銀華は別れの言葉もなしに解散した。

ふたりともパジャマパーティーのことなんて口に出さなかった。

夜の手前の紫色の世界で、銀華《ぎんか》は自宅マンションを目指す。

感情の制御が怪しくなったのは、スエラが琉花《るか》の優しさについて聞いた時からだ。

かつて師匠は「救った者の言葉に溺れてはいけない」と言った。

だからこそヴァンパイアハンターであるスエラの要求も突き放すことができた。救った相手であるスエラの言葉を真に受けてはいけないと自戒していたからだ。

だが、自分は狩人以外の救った者への対応を失念していたのではないか。

思い返せば琉花は、命の恩人、とか、救ってくれたから、などと口にしていた。彼女の口調がおどけていたし、狩人ではないので対象から除外していたが、今思えば自分は彼女の言葉に溺れていたのではないか。

スエラがそのことに言及しなければ気づかずにいられたのに。

思考が他責にそれそうになる。なんとみっともない考えだ。鈍ったとはいえ自分は狩人、スエラが言わなくてもいずれ気づいていたはずだ。責めるとすれば気づけなかった自分を責めるべきだ。

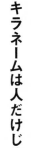

もし師匠に狩人同盟に戻るなと言われなければ自分はどうした？

その問いかけは銀華のしまっていた思いを噴き出させた。

スエラが訴えるほどの惨状とは思わないが、狩人同盟の全体的な機能が低下していることは確かだ。本部でもいい、支部でもいい、自分がどこかに所属すればそれを改善できるかもしれない。メインの訓練ではないが事務知識の訓練も受けたことがある。望み通りの地位にいけなかったとしても完全な力になれないということはないはずだ。もし運営に介入できる立場に配属されれば、軟着陸させることも組織を別の姿に変えることも――。

まさか自分がこんなことを思っているとは。

自己嫌悪に襲われながらマンションにたどり着くとスマートフォンが鳴動した。画面には狩人同盟日本支部のナンバーが表示されていた。

通話に出て話を聞くと、今回の監視について報告があるので、明日ネットを経由して遠隔会議できないかということだった。

「……承知しました。では明日の十時に」

明日は終業式。授業はないので学校を休んでも問題はない。

琉花への謝罪は…………夏休みに入ってからするとしよう。

◆　◆　◆

体育館で生徒会や教師の話を聞き流しているうちに二学期の終業式が終わった。委員長の速水《はやみ》ちなみの先導についていき、二年二組の教室に戻る。

今日は銀華が来ていない。

スマートフォンでメッセージを送っているが、既読マークがつくことはない。監視が終わったことが関係しているのだろうか。それとも昨日の自分との言い争いのせいだろうか。

昨日はどうすればよかったのだろう。

あのままスエラを行かせてよかったとは思わないが、銀華の言う通り、スエラは狩人同盟の指令で日本に来ていたわけで。任務が終わったら帰るべきで。狩人同盟の人材には限りがあるわけで。銀華は狩人同盟になにかできる権力は持ってないわけで。

つーか、銀華は狩人同盟に戻りたかったんだ〜。

「はぁ〜……」

自席について大きな溜《た》め息《いき》をつく。

なぜ今まで銀華が狩人同盟をどう思っているのか聞かなかったのか。あの銀髪美少女が困った人に手を差し伸べ、仲間を大事にするヒーロー気質の持ち主だということは知っていたのに。狩人同盟の窮状《きゅうじょう》を助けたくないなんて思わないはずがないのに。

「ふぁふぁふぁ〜……」

溜め息が止まらない。

自分は今まで銀華のなにを見ていたのだろう。彼女を喜ばせることや一緒に楽しむことに夢中で、その本質から目をそらしていたのかもしれない。

スーちゃんもずっとこんな気持ちだったのかな〜。

そう考えると、自分はスエラのこともわかっていなかったのかもしれない……。

「まーた病み期入ってんじゃん……」

頭上からめいりの呆《あき》れ声が聞こえる。顔をあげると、めいりが迷惑そうな表情でこちらを見下ろしていた。

めいりは琉花の後ろの席に座ると、退屈そうに言った。

「銀姐《ねえ》さん関係？」

「まー……そー……」

「どんな風に怒らせた？」

「……言いたくない〜」

怒らせた側というのは確定なのか、と思った時、教室に担任の谷塔美《たにとうみ》が入ってきた。

教壇につくと、谷は夏休みの諸注意について話し始めた。高校生という自覚を失わないこと。規則正しい生活を送ること。外出する時は行き先を保護者に告げること。ＳＮＳでの怪しい勧誘には乗らないこと……。

「あんさ。ウチらのことも忘れないでよね」

後ろからぼそりと聞こえた声に振り返ると、めいりが窓の外を見つめていた。

聞き間違いかと思ったが、距離的に考えるとめいりの声としか思えない。少し頬《ほお》が赤く見えるのはチークのつけすぎではないだろう。

「ど、どした急に？」

琉花が聞き返すと、めいりが不満そうに言った。

「だから、最近銀姐さんと色々あるみたいだけど、ウチらがいるってことを忘れんなよって言ってんの」

確かに最近の琉花は銀華と一緒に行動することが多かった。ヴァンパイアハンターに関してのことを周りに知られるわけにはいかないし、スエラが来てからは『銀華とスエラの距離を近づけよう作戦』のせいでますます加速していた。

仲間外れにしたつもりはない、と思ったが、結果的にはそうなってしまった。そしてその理由を言うわけにもいかない。

もどかしさに歯嚙《はが》みしていると、めいりは額に右手を当ててうつむいた。日差しを避けるかのようにされたせいでめいりの表情がわからない。

「てか、ウチらにも、もうちょっと……」

めいりの声は小さくかすれていて、耳を澄ましても聞き取ることができなかった。

「あっと、今なんて？」

「なんでもない」

「ぜってぇなんでもあんじゃん」

「だからなんでもないって……あ」

めいりが顔を上げると、すぐに気まずそうな表情になった。視線の先を追っていくと、クラス中が琉花たちに目を向けていた。

銀華との喧嘩《けんか》に、めいりからの叱られに、変な注目に……やらかしマシマシだー……。


今日『ビアンコ』でアルバイトをすると決めたのは、終業式中のことだった。

意識を別に向けて一旦《いったん》問題を忘れよう、という逃げの姿勢からマスターに連絡を入れると、ちょうどシフトに空きが生まれたということでシフトを入れてもらった。

そうして琉花がホール、レジ、キッチンとせわしなく仕事をこなしていると、ドアベルが鳴り、新しい客が入ってきた。

「いらっしゃ……」

入ってきたのは『ビアンコ』での先輩、八木《やぎ》ときわだった。

透き通《シアー》ったブラウスの下にマーメイドスカートを身につけ、淡い色のロングジレを羽織っている。涼やかさを感じるきれいめのお姉さん系ファッション。琉花の趣味ではないが、好きなコーディネートセンスだ。

そんな私服姿への関心は、ときわの顔色を見て一瞬で吹き飛んだ。

いつもつややかなロングヘアはぴんぴんと跳ね、視線がどこを見ているのかわからないくらいうろついている。眼鏡《めがね》なんて逆にかけた上、かろうじて鼻にかかっているというレベルでずれている。

そしてなによりも驚くべきなのは、今日のシフトに空きが生まれたのはときわが臨時休暇を入れたからだ。その彼女が来店するのはどう考えても異常事態。

「と、ときわさん、今日はお休みじゃないんすか？」

琉花が尋ねると、ときわは心底不思議そうな顔で琉花を見つめて、

「あ、そうだ……そうでした……」

ときわが眼鏡をずり上げておぼろげな笑いを浮かべる。直したつもりなのかもしれないが、眼鏡は反対のままだった。

「きょ、今日お休みもらったんでしたね……ダメですね、私……あはは……わは……」

ときわはすり足で後退していき、店のドアに手をかけた。

このまま帰らせるのはまずい。なんとなくそんな気がする。

「ま、待ってください。ご、ご案内しやすんで」

「え、いや、いいですよ。私なんて」

「やー、そんなこと言わずに」

ときわの後ろに回って彼女の背中を押す。カウンター内のマスターに向かって、これでいいっすよね、というアイコンタクトを飛ばすと、おっけー、と深い頷《うなず》きをもらえた。

かろうじて立っているような力のときわを椅子《いす》に座らせ、対面に座る。

「ときわさん。なーにがあったんすか？」

琉花が小声で聞くと、ときわはしばらく逡巡していたが、そのうち瞳《ひとみ》を潤《うる》ませた。

「……げ、幻滅しないでくれますか？」

「あたしがときわさんにゲンメツするわけないっしょ」

「ううっ……ボボミュのベースボールくんのような直球。確かにいただきました……」

そう言うと、ときわは眼鏡を外して自分の目元を拭った。ちなみにボボミュとは各スポーツのボールを擬人化したソーシャルゲーム『ボールボーイズ』をミュージカル化したもので、ときわがかなりハマっているコンテンツのことだ。

ときわは眼鏡を正位置に戻すと、机の上にひとつの雑誌を取り出した。それは有名な週刊漫画誌だった。

「この週刊誌の最初の漫画を読んでください。読み終わったら正直な感想を言ってください」

「はぁ……」

どういうこと？　と思いつつ、雑誌を受け取って読み進める。

漫画の中になにかショッキングなことが描かれていたのだろうか。学生は勉強に集中しろとか。漫画好きは気持ち悪いとか。女は漫画を描くなとか。

琉花の予想はすべて外れた。ときわが指定した漫画はデスゲーム要素を取り入れたアクションギャンブル新連載で、一話目からわくわくする展開と気になるヒキがあり、絵も美しく、キャラクターたちも魅力的に見えた。

漫画を読み終えた琉花は、テーブルに雑誌を置いてときわに返した。

「超面白《おもしろ》かったっす。展開もあちーし、絵もうめーし、単行本が出たら買おっかなって思うくらいで……」

「そぉ～～～ですよねぇ～～～～～……」

ときわが極太の息とともに同意を吐き出した。魂を放出するような声に琉花が戸惑っていると、ときわは震える指で雑誌の表紙を指さした。

「そ、その新連載の作家……じゅ、十七歳だそうです……！」

「へー！　あたしと同《おな》い年なんだ！　すっごー」

「そうですよ。すごいです………私はなにをやっているんだろう」

そう言うと、ときわは窓ガラスに頭を傾けた。本人としてはもたれさせるだけのつもりだったのだろうが、勢いがよすぎてガインと音が鳴った。

「あーと、どういうことっすか？」

「……年下に追い抜かれて、しかもその子の漫画が面白すぎるという事実に私の中の劣等感が溢《あふ》れて止まらないんです……」

「あー、そーいう……うーん……」

ときわがへこんでいた理由は琉花が想像していたよりもしょうもない理由だった。

いや、よく考えるとしょうもなくないのかも。

ときわは日々漫画家になるために頑張っている。賞に応募するための原稿を読ませてもらったこともあるので、ときわが口だけではないということも知っている。彼女にとっては才能のある年下のデビューは衝撃的事件以外のなにものでもないはずだ。

「もちろん嫉妬《しっと》してもなにもならないことはわかっています。自分が頑張らなければいけないことも……でも、今は……ぐ、ぐるぢいのです……」

「背中とか撫《な》でます？」

「お願いします……あ、でも、年下ギャル美少女に慰めてもらうなんてドはまりしちゃうかもなので、ほどほどで……」

「あーす」

眼鏡美人の薄い背中を優しい手付きでさすさすと撫でる。ときわが面白い漫画のアイデアを思いつくような願いも込めて。

厳しいのはヴァンパイアハンターの世界だけではないらしい。

アルバイト終わりの帰路をひとりで行く。

ときわが帰った後も琉花は目まぐるしく働いた。仕事に集中していたことでほとんど頭が回らず、抱えている問題を思い出したのは更衣室で給仕服を脱いでいる時だった。

銀華には問題に関《かか》わることを拒否されてしまったし、スエラは帰ってしまった。自分が考えても動いてもどうにもならないのなら意識を割《さ》くだけ無駄だ。

明日から高校二年の夏休みが始まる。

勉強しなくてもいい遊び放題キャンペーン。待ちかねた天国のような期間なのに、琉花の心はまったく躍らなかった。

今日は一度も銀華の顔を見ていない。声を交わしていない。体に触れていない。なんだか体調も悪い気がする。欠乏症《けつぼうしょう》というやつなのかもしれない。

スマートフォンを取り出して銀華に送ったメッセージを確認するが、いまだに既読はついていない。

落ち込みそうになった自分を奮い立たせる。スエラとの問題と昨日の喧嘩は別問題だ。後者については自分にも関わる権利があるし、早く解決してしまいたい。

そうして琉花がメッセージを作っていると、視界の端に陰が差した。

顔を上げると、前方に女性が立っていた。

「あれ、ベサニーさん……っすよね？　ばんわっす」

道の中央に片目を閉じた女性が立っていた。両隣にはふたりのヴァンパイアハンターも立っている。まるで昨日の状況の繰り返しだ。

ベサニーは薄青色の瞳で琉花を見つめると、仮面を貼《は》り付けたように笑顔になった。

「私は〝混凝固《コンクリジッド》〟、ベサニー・リッチモンド」

いきなりの自己紹介に足が止まる。

〝混凝固《コンクリジッド》〟というのはベサニーの二つ名だろうか。ヴァンパイアハンターの二つ名とは戦闘スタイルや功績にちなんでつけられるものらしい。つまり、彼女はある程度以上の実力を持つ戦闘員ということだ。

しかし、なぜそれをこちらに聞かせたのか。

ベサニーは余裕のある動きでそばのふたりを指し示した。マジックショーを連想させる動作に従い、白人男性とアジア系女性が口を開く。

「〝荊垣《スングラヴェ》〟……サヴァ・ブラゴジェヴィチ……」

「うちはエイ・ヒノ……ちゃうわ。檜野詠《ひのえい》です。二つ名は持ってません」

サヴァという聞き慣れない響きやサングラスの女性が日本人ということに琉花が驚いていると、ベサニーが、ね、と声をかけてきた。

「モリキちゃん。明日から夏休みなんですって？」

「え……ああ、そーっすけど」

「お母さんとお家で会うことは少ないんですって？」

「あ、まあ、看護師なんで」

「ということは、姿が見えなくなっても気にする人は少ないってことよね？」

口調は柔和だったが、ベサニーの言葉は不穏極まりなかった。

超こええ！

頭がアラートを鳴らし、一刻も早く逃げるべきと言っている。ただの一般人である自分がヴァンパイアハンター三人から逃げ切れるのかわからないが、せめて人通りの多い場所まで出るべきだ。

後ずさりをすると、尻《しり》がなにかにぶつかった。

振り返ると、琉花の背後に黒服を身につけた赤い髪の少女が立っていた。

「ス、スーちゃん。ちょ、この人らどしたの？」

スエラの登場に安堵《あんど》する。この子ならばこの状況を説明してくれるし、自分の味方になってくれるはずだ。

スエラはなにも答えなかった。

彼女は幼い顔に憂鬱《ゆううつ》さを浮かべ、琉花とあえて目を合わせないようにしていた。まるで銀華に会いに飛燕高校まで来た時のように。

「スーちゃん？」

琉花が声をかけると、スエラの体が銀色に光り始めた。敵を討つための祓気《ふつき》の光。

敵？

その瞬間、琉花の体ががくんと跳ねた。肩から力が抜け、スマートフォンが地面に落ちる。

膝《ひざ》が折れて体が前のめりになっていく。悲鳴を上げることもできない。口を動かすための力が失われている。

「……ごめんなさい」

スエラのつぶやきが聞こえた後、琉花の目の前は真っ暗になった。


昨日眠る前、銀華が復学してこなかったら、なんてことを考えた。

きっと、自分の生活は変わらない。

めいりとひなるは銀華が来る前から友だちだったし、バイト先はもともと『ビアンコ』だった。たまにダンス部に行って、それ以外は街で遊ぶ。めいりとひなるの予定が入っていたら、別のクラスメイトか中学時代の友だちに連絡して遊べばいい。

だから、銀華が復学してこなくても自分はなにも変わらなかっただろうし、彼女がいなくて

もなんら問題はない。

そう思うと、銀華が来てからの日常も変わっていないのかもしれない。彼女がいなくても自分は海で遊んだだろうし、祭りや旅行にも出向いたはずだ。それはそれで楽しい日々だったに違いない。

でも……やっぱ……さみしーな……。


目を開けると、ぼんやりとしたオレンジ色が琉花を出迎えた。

頭がぐらぐら揺れている。寝不足気味なのかもしれない。唇がゆるんでいたのか、口の中に髪の毛が入ってきている。

てか、ここどこ……？

やけに感触のいい床に手を当てて起き上がると、大きな窓ガラスが目に入ってきた。反対側にはベッドやクローゼットが見える。下を見ると、ベッドの白いシーツが見えた。どうやらここはビジネスホテルのツインルームらしい。

……ホテル⁉

寒気を覚えて自分の体にべたべたと触る。服や体に異変はない。ローファーが脱がされていることは気になったが、変なことはされていない。

琉花が安堵の息をついていると、

「お、あのお嬢ちゃん目ぇ覚めたみたいですよ」

関西地方の訛《なま》りがある声が聞こえた。

外に繋《つな》がっているであろう通路を見ると、そこから檜野詠と名乗ったサングラスの女性が部屋に入ってきた。彼女の後ろからベサニーとサヴァもぞろぞろと姿を現す。

そこで琉花は、自分が彼女たちに誘拐《ゆうかい》されたことを自覚した。

やばいやばいやばいやばい。

冷や汗がメイクを突き破って額に浮き上がる。

誘拐監禁されただけでも危険なのに、その相手はヴァンパイアハンターという超人たちだ。これからなにをされるのか想像もできないし、したくない。

「手荒な真似をしてごめんなさいね。どうしてもあなたとおしゃべりしたいことがあって」

ベサニーが笑顔を作るが、琉花にはまともに見ることができなかった。

怖すぎ……！

この強引《ごういん》な動きに琉花は既視感があった。

一ヶ月前、デイヴィッド・ハイゲイトが起こした襲撃事件。彼は狩人同盟を活性化させるためにヴァンパイアを復活させようとしていた。その時の口ぶりではヴァンパイア復活計画を志すメンバーは他にもいるということだったが、ベサニーたちがそうなのだろうか。

「ふぁ……ぅぁんぱいあふっかつけいかく……すか……？」

回らない呂律《ろれつ》で聞くと、ベサニーは大きく肩をすくめた。

「〝透眼通《ルシドボヤンス》〟のような反逆者と一緒にしないで。むしろ私たちは彼の反対の存在よ」

「はん、てゃい……？」

「ええ。ヴァンパイアを復活させるなんて本末転倒な考えは持っていないということ。私たちはもっと穏当な方法で組織を活性化しようと思っているの。そうね、あえて私たちの集まりに名前を付けるのなら……」

ベサニーはそこで陶酔するような目を浮かべると、夢見るような口調で言った。

「シルバーダンサー奪還計画……かしらね」

なにそのキラキラネーム計画。

八章 カコバナってそれだけでエモいよね

「では、これで失礼します。いえ、私の意見はすべてお伝えできたと思います。それでは」

タブレットを操作して通話を切ると、にわかに苛立《いらだ》ちが募ってきた。

十時から約束していた狩人同盟日本支部との会議は開始が一時間遅れ、本題の監視任務の詳細に入るまでの雑談に三十分かかった。ようやく監視任務の説明が始まったと思うと、二時間の昼休憩がはさまれ、再開後は説明が繰り返されるということもあった。さらに、途中であちら側になんらかのトラブルが発生したらしく通話が中断した。そしてすべての説明が終わると、なぜかこちらの意見を求められた。

通話を切った頃には外は夕方になっていた。

こんなことになるのなら終業式に出ればよかった。そうすれば琉花《るか》との衝突にもある程度の解決法が見出せたかもしれないのに。

時間を確認するついでにスマートフォンを見ると、琉花からメッセージが来ていた。

『昨日はごめんねー　今日ガッコーで話さん?』『今日休みなん?』『カゼ引いた?』『アイス買ってく?』『四十七銀華《しじゅうなな》さん　昨日の話ですが、私は』

最後の文が途中送信されていることに違和感を覚える。

これは琉花なりの冗談なのだろうか。いや、普段ならともかく意見がぶつかりあった時の琉花は真面目《まじめ》な態度を取る。変にふざけたりはしないはずだ。

メッセージアプリを閉じてヴァンパイアサーチアプリを開く。

特に異常は見当たらない。ヴァンパイアを示す赤点も、眷属《けんぞく》を示すオレンジ点も、祓気使《ふっき》用中のヴァンパイアハンターの青点も表示されていない。

気のせいか。

「気のせいなどありうるか。バカ者……！」

サーチアプリのログを開き、観測範囲を指定して検知記録をくまなくチェックしていく。

——一時間ほど前に盛黄家《もりき》の近くで祓気反応のログがあった。

盛黄家の近くで検知された祓気と途中送信されたメッセージに関連性がないわけがない。

「やられた……！」

思い返せば今日の会議は不自然すぎた。いくら狩人同盟の機能が低下していたとしてもあんなずさんな対応が許されるはずがない。自分は罠《わな》にかかったのだ。

今さらこんなことに気づくとは鈍りすぎにもほどがある。

銀華《ぎんか》はクローゼットからコートを取り出すと、祓気を身にまとい、ベランダから夕空に飛び出した。

◆　◆　◆

ベッドの上に座る琉花の前で、ヴァンパイアハンターたちが顔を寄せ合ってタブレットを見つめている。

「はっやぁ！　もう気づかれました！」

「色々と工作したが、バレるのは一瞬だったな」

「流石《さすが》ギンカ様！　それでこそ我らが希望！　すばらしいわ！」

三者三様の反応。あのタブレットには銀華の動向を知るなにかが表示されているらしい。もしかするとヴァンパイアサーチアプリかもしれない。

「でもまあ、あのお方でもこのホテルを突き止めるのには時間がかかるでしょうし、場所を突き止めたとしてもここは他県、かけつけるまでは相当な時間が必要になるでしょう……ああ！　申し訳ございませんギンカ様！」

ベサニーは悲しげに叫んだ後、こちらを細目で見つめた。今の発言は琉花に聞かせる目的もあったらしい。

助けに期待するな。

琉花が体をこわばらせていると、部屋にスエラが戻ってきた。

「〝混凝固《コンクリジッド》〟様。ホテル一帯に探知避けを張り終えました」

「ご苦労さま。こちらも祓気を使う気はないけれど、ギンカ様の探知は驚異的ですもの。念入りにね」

ベサニーがスエラの前で嬉《うれ》しそうに頷《うなず》いている。スエラはそれを無感情に見上げていた。

「す、スーちゃん……」

琉花が声をかけると、スエラはうつむいて顔をそらした。

ここまで来れば琉花も痛感していた。スエラは自分の味方ではない。彼女は自分を誘拐したヴァンパイアハンターたちのひとりであり、自分を気絶させた張本人なのだ。

ベサニーはスエラの肩に手を回すと、彼女を通路に続く廊下に押した。

「スエラ。外に出て警戒をしておきなさい。もちろん祓気は禁止よ」

「……はい」

スエラは無機質に返事をすると、外に向かっていった。その間、一度も琉花を振り返ることはなかった。

部屋には再び三人のヴァンパイアハンターと琉花だけになった。

祓気を使うつもりはないと言ったが、これからなにをされるのだろうか。シルバーダンサー奪還計画とはいったいなんだろうか。

緊張感で琉花が口の中をからからにしていると、ベサニーが優しい口調で言った。

「混乱しているわよね。いきなりさらわれて、シルバーダンサー奪還計画なんて変なこと聞かされて……でも安心して、あなたを傷つけるつもりはないから」

こちらを気遣うような声色に警戒心を強める。

傷つけるつもりはないと言ったが、それは傷つけようと思えばいくらでもできるという裏返しのように思えたし、実際、彼女たちなら琉花がまばたきする間に琉花の頭を吹き飛ばせるだろう。

ベサニーはにこりと笑うと、猫をかわいがるような口調で言った。

「私たち監視チームはここ数日ギンカ様のことを監視していたわ。もちろんそれは本部からの任務だったけれど、私たち四人には別の目的もあったの。それは……」

「銀華に帰ってきてもらう、こと……？」

「あら、当たり。あなたって地頭は悪くないのよね」

かつて銀華はスエラから監視チームのメンバーを聞き出そうとしていた。

ディベートでスエラから出てきた意見が何者かから吹き込まれたものだと考えてのことだったが、眼前にいる人々がその何者かということらしい。

「ギンカ様は狩人同盟に必要なお方。あの方がいなければ狩人同盟は成り立たないし、ギンカ様自身も戻りたいと思っている……でも、あの方はお帰りにならない。もちろんそれは師匠である〝パイヴァタール〟様からの命令もあるけれど、それ以外にもあると思うのよ」

それ以外と言われて琉花は記憶を探った。

スエラはディベートの時になんと言っていたか、いや、そもそも彼女はなぜ盛黄家に来たのだったか。

悩んでいる琉花に向けて、ベサニーは黒い手袋に包まれた人差し指を立てた。

「……あたし？」

琉花の返事にベサニーははっきり頷くと、笑顔を浮かべたまま話し始めた。

「これも数日監視していてわかったことだけど、あなたは危なっかしいわね。トラブルに首を突っ込んで、思いつきで行動して……その上、あなたテンプテーション・ブラッドの持ち主なんですって？　ないことだとは思うけれど、もしかしたらまたヴァンパイア関連の事件に巻き込まれてしまうかもしれない……だから、ギンカ様は自分が近くにいてあなたを守らなくてはいけない、とお考えなさっていると思うのよ」

ベサニーが言い切ると、後ろのサヴァと詠が静かに頷いた。この意見は監視チームの中で共有されているらしい。

「つまり、あなたをどうにかすればギンカ様はお戻りになるということよ！」

ベサニーは張りのあるいい声で物騒すぎることを叫んだ。

血の気が引く。この人たちは自分を殺す気だ。盛黄琉花という存在を消すことで四十七銀華を狩人同盟に取り戻す気なのだ。なにが傷つけるつもりはないだ。殺意満々ではないか。

琉花がなけなしの体力を振り絞ってベッドの上で立ち上がると、

「逃さん」

「窓に向かうのはちゃうでしょー」

一瞬にしてサヴァと詠《えい》が前に立ちはだかった。その足元に銀色の光はない。これは彼ら自身の身体能力らしい。

「あなたを消すのは簡単だけど、あなたは本来私たちが守るべき無辜《むこ》の人々。誘拐なんてことをしたとしても、狩人としての誇りを失ったわけではないわ」

琉花が逃げ出そうとしたことがなかったもののように、ベサニーは話を続けた。

「そこで私たちは考えたのよ……わかりあえるんじゃないかって」

「わかり、あえる……？」

ベサニーは無言で頷くと、靴を履《は》いたままベッドに上ってきた。

女性にしては背の高いベサニーに見下ろされ、琉花は息を呑《の》んだ。まるで猛獣を目の前にしているようだ。豹柄《ひょうがら》やレオパード柄は好きだが、そんな動物と一緒の部屋にはいたくない。

「あなたはスエラにスクトモ……救われ友だちと言ったのよね」

スクトモと言われ、琉花は少し悲しくなった。

スエラはふたりだけの言葉をこの人たちに言ったらしい。今まで琉花がスエラと交わした会話はすべて共有されていると考えたほうがいいだろう。

琉花が顔をうつむかせていると、ベサニーがこちらに指を伸ばしてきた。指が琉花の顎《あご》の下に当たり、無理矢理顔を上げさせる。

「実は私も……いえ、私たちも、なのよ」

ベサニーは嬉しそうに自分の胸を指差した。

目を動かして横を見ると、サヴァと詠もかすかに頷いていた。

「私も、サヴァも、エイも、スエラも……そしてあなたも、この場にいるみんながギンカ様に命を救われた人間ということよ」

ベサニーの声が興奮で上ずっている。

その時、琉花は彼女たちの熱意の源を理解した。異国で監視任務をこなしていても衰えないエネルギー。琉花を誘拐しても罪悪感を抱かないほど強い気持ち。

彼女たちは銀華に命を救われた人々なのだ。

「これから私はあなたにギンカ様の偉大なエピソードをお話するわ。そうすればあなたもあの方の素晴《すば》らしさを知り、シルバーダンサー奪還計画の協力者になってくれる…………だから、私たちとおしゃべりしましょう。モリキちゃん」

話し合いで和解を目指す。

それは琉花が望んでいたことであるし、気質と合っていることでもある。

しかし、それ以上に琉花の心をとらえたものがあった。

ぎ……銀華のカコバナ超聞きてぇ！


中国南東海域には多くの諸島が存在する。

その中のひとつ、人々に見捨てられ、住居に苔《こけ》が這い回るようになった無人島で、ベサニー・リッチモンドは膝《ひざ》をついていた。

周りには眷属の亡骸である黒砂がうず高く積もっている。海の生き物からつくられた眷属だったらしく、黒砂から魚の頭やタコの足が飛び出していた。あたり一面が生臭い。

足が重く、いくら力を入れても立ち上がれない。呼吸も浅く、汗すらでてこない。祓気が底をついている。

このあたりの海域にヴァンパイアが潜伏しているという情報を手に入れた狩人同盟は、ベサニーにチームを組んでの偵察任務を命じた。

情報は半分が正しく半分が間違っていた。確かにヴァンパイアはいたが、その有り様は潜伏というよりも統治だった。島中に眷属《けんぞく》を配備し、機械的に船舶を襲い、乗組員の血肉を保存して暮らしていた。異様さに気づいた時にはすでに遅く、ベサニーたちはあっという間に眷属の統制された動きと単純な数の多さに追い詰められた。

ベサニーはリーダーとしてチームメンバーに撤退を命じ、自分は囮《おとり》役として残ることに決め、眷属たちの数を減らすことに専念した。祓気が切れ、装備もすべて使いきったが、チームメンバーが逃げ切るだけの時間は稼げたはずだ。

緑色の地面に尻《しり》をつけ、満足感から力を抜く。

今回の任務の目的は偵察であって討伐ではない。ヴァンパイアがいるということはわかったし、犠牲が自分ひとりならば十分成功と言っていいはずだ。チームメンバーが無事に逃げられたのなら、大成功と言ってもいいのかもしれない。

特にあの新人、祓気が表出したような銀髪銀眼を持つヴァンパイアハンター。あの歴戦の戦士〝パイヴァタール〟の孫。新人ということで現場には出さなかったが、自分の死があの少女の礎《いしずえ》になれたのなら、ここで命を失う意味もある。

「……仲間ニ見捨テラレタようダネ」

聞き取りにくい英語が聞こえる。

黒砂の中からゆったりした衣服を着たアジア系の人物が現れた。昔の中国で着られていたような民族衣装。あれも輸送船から奪ったものだろうか。

本名不明。性別不詳。容姿不確。このあたりの海域をさまよう船舶を襲撃し、物品や食料、そして人間を蒐集《しゅうしゅう》しているヴァンパイア。付近の海域にちなんで、このヴァンパイアは〝フォルトラ〟とあだ名されていた。

フォルトラはベサニーを憎々しげに見下ろし、薄い唇を吊り上げた。

「私ノ家を踏み荒ラし、愛《いと》し子《ご》タチを殺し……許さナい。許さナいよォォォ……」

憎悪の声とともにフォルトラの後側からぬるりと大量の眷属が現れる。

全滅させたとは思っていなかったが、自分は大量の眷属を倒したはずだ。まだあれほどいたなんて。

衝撃を受けるベサニーに対して、フォルトラは愉快そうな笑みを浮かべた。

「デも、生きタハンタート会えルナんテ珍しい。しばラくはペットニデもしようかネ……そうダトすルト、あんタノ手足は長すぎかモネ」

フォルトラが袖《そで》を一振りすると、その隙間《すきま》から鋭い爪《つめ》が飛び出した。

四肢を切り落とす気だ。

戦いの中で殺されることは覚悟していたが、まさか仇敵《きゅうてき》に飼われることになるとは。

自決するならば今しかない。自決用の薬を持ってきていないので他の手段で自決しなければ。

祓気の刃物で自分の頸動脈《けいどうみゃく》を切れば失血死することができる。そう思って指を動かそうとするが、疲労のせいで腕を持ち上げることすらできない。

早く、早く死ななければ――

「どちらの判断も早計だ」

凛《りん》とした芯《しん》の強い声。それが聞こえた直後、ベサニーの前に銀色の嵐《あらし》が訪れた。

渦状《リング・アティシュー》のくしゃみという名の渦状に放出された祓気の塊。膨大な貯蔵量と高度な制御力を持っていなければ使うことができない技。

「ナ……ナニが……うナあああっ！」

横向きの台風に巻き込まれ、フォルトラと配下が吹き飛んでいく。

それと代わるように、ベサニーの前に銀槍《ぎんそう》を手にした銀髪銀眼の美少女が現れた。

「まだ生きているようだな、〝混凝固《コンクリジッド》〟」

ベサニーに対してなにもかもを見通すような瞳《ひとみ》を向けると、ギンカ・シジュウナナはリング・アティシューから逃れた眷属たちを蹴散《けち》らし始めた。

先ほどの発言を聞くところ、彼女はベサニーの状況を把握してここにきたようだ。それはつまり撤退を命じた他のメンバーと合流したということを意味していて。

せっかく逃げられたのに。自分が命を賭《と》したのに。むざむざと死地に戻ってくるとは。

「な、なぜ……なぜきたの！」

怒りとともに叫ぶベサニーに対して、銀華は槍を振るいながら答えた。

「勝算があると判断したからだ」

「だ、誰《だれ》が？」

「私がだ」

十歳以上年下の新人の断言にベサニーは言い返すことができなかった。

あれほど大量にいた眷属がギンカの働きによって姿を減らしていく。ベサニーが苦心して倒していった数はすでに越えている。そうだというのにギンカの顔に疲れはまったく見えない。固まっているベサニーの前に、小さなボトルが投げられた。

「『蜜気薬』を持ってきた。飲んでくれ」

ボトルの中には粘度を持ったカラメル色の液体が入っていた。ウイスキーにも見えるそれは、祓気を回復させるための薬だった。

不思議なことに先ほどまで上がらなかった腕が持ち上がり、ボトルをつかむことができた。震える指でフタを開けて喉《のど》に薬を流し込むと、ベサニーの体に体力が戻った。

「お前ラ！　二匹トも！　飼い殺しテヤル！」

遠方で傷だらけのフォルトラが叫んでいるが、ベサニーの中に怯《おび》えはなかった。

眷属を蹴りつけた反動とともに、ギンカがベサニーに近づいてくる。

「命令違反の責は取る。だが、今は私とともに戦ってくれ」

黒手袋をした小さな手がベサニーに差し出される。

ベサニーはその手を取って立ち上がると、島を支配するヴァンパイアを睨《にら》みつけた。

「行くぞ」

「はい」

ギンカ・シジュウナナ。

この方が来なければ私はヴァンパイアに飼われて惨めに死んでいた。

私の命はもはやこの方のものだ。

それならば、残りの人生はこの方のために捧げることにしよう。


「え、じゃあ、銀華はメーレーブッチして戻ってきたんだ」

「そういうことよ。組織としては褒められたことではないけれどね」

そう言って微笑んだ後、ベサニーはベッドから立ち上がり、サイドテーブルのペットボトルを手に取った。話し続けたことで喉が渇いたらしい。

ベサニーの過去話はハードだった。

ヴァンパイアの根城に乗り込み、仲間を逃がすために死にものぐるいで戦い、姿を現したヴァンパイアにペットにされかけた。そしてベサニーが自分の命を諦《あきら》めた時、新人だった銀華が現れて状況を一変させた。

「それでふたりで一晩中戦ってなんとか生き残れたの。いつ思い出してもあれは奇跡ね」

眼の前のベッドに戻ってきたベサニーがしみじみと言った。

この時になると琉花が持っていたベサニーへの恐怖心はなくなっていた。彼女は琉花をファンクラブに勧誘しているだけで、危害を加えたいわけではないのだ。

「つか、やっぱヴァンパイアって鬼つよなんすね。あたし銀華の話でしか聞いたことないんでよく知んなかったっす」

「フォルトラの時はタイミングが悪かったというのもあるけれどね。あの時はチームも偵察用の構成で、装備もメンバーも整っていなかったし」

「あー、そっか。様子見だったんだ……でも、それなのにケッコー戦えてたみたいだし、ベッさんも強いってこと?」

「まあ、一応私も二つ名を拝命しているからね。自慢ではないけれど、祓気を具現化できる人間はかなり少なくて………ベッさん?」

「うん、ベサニーだからベッさん……あれ、気に入んなかった?」

「い、いえ、そんなことは……ないわよ……」

ベサニーがぎこちなく返事をすると、その肩に大きな手が置かれた。

「ベサニー。そんなのんびりやっていていいのか?」

サヴァ・ブラゴジェヴィチと名乗った白人の大男だった。

「そうね。ゆっくりやってる場合じゃない……そうだ。サヴァからもギンカ様とのエピソードを話してもらいましょうか」

「俺《おれ》が?　話すのはお前だけじゃないのか?」

「データは多いほうがいいのよ。モリキちゃんも聞きたいでしょうし」

ベサニーが軽い足取りでベッドから立ち上がる。

このチームのリーダーはベサニーらしいが、年齢はサヴァのほうがだいぶ上に見えた。ベサニーへの態度から、年季的にも彼のほうが長いのかもしれない。

サヴァは少しの間ためらっていたが、そのうち琉花の前に座った。

「日本語で話すのは得意じゃないんだが……俺と娘とギンカ様の話だ」

岩を彫刻で削ったような顔が目の前にある。普段『ビアンコ』のマスター以外の中年男性と話す機会のない琉花にとって、こういう人が一番緊張する相手だった。

なんか厳しそーなおっちゃんだし、この人の話じゃ感動しないだろーなー……。


「ふぐっ……うう……ぐっ……ううう……」

数分後、琉花は号泣していた。

止めようと思っても目の端から涙が溢《あふ》れてくる。今が夏でよかった。ウォータープルーフメイクでなければメイクが崩れていただろうから。

琉花がベッドのシーツを握りしめていると、サヴァが困惑しながらティッシュボックスを差し出してきた。

「お、おい、お嬢ちゃん。ティッシュあるぞ」

「あざしゅ……」

ティッシュを受け取り、顔をこすらないように目元をぬぐう。さらに何枚かティッシュを取って、三人に見えないように鼻をかんだ。

　サヴァの話し方は外見から察した通りけして上手なものではなかった。しかし、その話下手が琉花の聞きたいと思う欲求を刺激し、話に引き込み、最終的に涙腺を決壊させた。

「あう〜……あうっあうっ……」

「泣きすぎじゃねえか？」

「だってさぁ……娘さんがぁ……イショ書いてたのを銀華が破ったとこがガチエモでさぁ……マジでサヴァさんも娘さんも生きててよかったぁ〜……ぐうぅ……」

「おう……まあな……」

　サヴァがもにょもにょと相づちを打つ。気まずそうな様子だったが、父親というものが遠い存在の琉花にとってはその反応も感涙ものだった。

「む、娘さんは今どうしてんの……？」

「あいつは体が弱いからな。一緒に日本に連れてきてる」

「うう〜、元気なんだぁ〜……ふ、ふたりでどっかでかけたりした？」

「どっか……？」

　サヴァは困惑した顔で呟《つぶや》くと、顔についた傷を撫《な》でて暗い声で言った。

「俺もあいつもそういうことについて調べてこなかったからな……ホテルの周囲を巡るくらいで特に観光はしていない……」

サヴァの言葉を聞いて、琉花は切ない気持ちに包まれた。

せっかくヴァンパイアとの戦いで生き残れたのに、親子ともども楽しい日常を知ることができないなんて、別の意味で泣ける。

琉花がそんなことを考えていると、サヴァがベッドから立ち上がった。

「エイ。お前もなんか話せ」

檜野《ひの》詠は サングラスの位置を直しながら、半笑いを浮かべていた。

「これ以上いります? うちのは家出を助けてもらったって話ですよ」

「幽閉されてたんだろう?」

「そーですけど、おふたりの後だとインパクト弱いですって……」

そう言うと詠は肩をすくめた。話す気はないということらしい。

観察するうちに、琉花は詠が意外と若者だということに気がついた。サングラスやダークスーツで印象がぶれてしまったが、年齢的には大学生くらいかもしれない。

話さないなら、こっちから話しかければよくね?

「あの、えーやんって大学生?」

琉花が話しかけると、詠は虚を突かれたようにたじろいだが、すぐに気を取り直して笑いを浮かべた。

「年齢的にはそやけど、学校なんて行っとらへんよ。普段は日本支部ではたらいとる」

「狩人同盟の……いつもなにしてんの？」

「めっちゃぐいぐいくるな……いつもなにーて……仕事してー、修行してー、寮帰ってー……仕事してー、修行してー……」

「休みの日とかは？」

「そんなのないよ。いつ出動命令があるかわからへんし」

困ったように手をぱたぱたと振る詠を見て、琉花は衝撃を受けていた。

休日がないなんてそんな職場あるのだろうか。ブラック環境まっしぐらではないか。

「シュツドーメーレーって、ヴァンパイアってもういないんじゃないの？」

狩人同盟とはヴァンパイアを倒すための機関だ。倒すべき対象がいないのであれば、その仕事内容は減るはずだし、出動命令が出されるわけがない。

琉花が戸惑っていると、詠が気まずそうに言った。

「絶滅した……と発表はされとるけど、もしかしたらそれもヴァンパイアの策かもしれへんやろ？　あっちかてアホやない。索敵にかからんような個体とか、冬眠みたいに潜伏しとる個体がまだおるかもしれへん……だから、まだしばらくは待機せえへんといかんのよ」

「なーほーねー……」

「そういうことやから、うちらは銀華様に戻ってきて欲しいんや。あの方がどこかの支部におるってだけで安心感が段違いやからね」

疲れたように笑う詠を見つめて、琉花は少し心を揺さぶられた。

おそらく詠はこれからも同じ生活を続けることになる。それが彼女の仕事なのだから仕方がないとも言えるが、見えない敵に備えて修行し続ければ、精神がどんどん削られていくのは間違いない。そこになにかの救いを求めることが悪いことと言えるだろうか。

「モリキちゃん。わかってくれたかしら?」

ベサニーは笑顔を張り付け、琉花が座るベッドのそばに近づいてきた。

「わかった……って?」

「ギンカ様があなたの友人である以上に、私たちの英雄だということをよ」

「えーゆー……」

ベサニーの言葉を繰り返しつつ、琉花は両手でティッシュを丸めた。

ベサニー、サヴァ、スエラ。銀華に救われた人たちからの話を聞いて、琉花は彼女のすごさを再認識した。最強のヴァンパイアハンター。戦いを終わらせた英雄。組織から離れても強く求める人間が絶たないほどのカリスマ。

「あなただって感じていたでしょう? ギンカ様の偉大さを。あの方との能力の差を」

普段から琉花は銀華と自分の能力の差を感じていた。

四十七銀華は顔がよくてスタイルも整っている。運動神経も抜群だし、頭だってかなりいい。

彼女と自分はレベルが違う。それは紛れもない事実。

「あの方のお力が生かされるのは狩人同盟よ。お願い。モリキちゃん、協力して」

そうかもしれない、と思った。

彼女の力が十全に発揮されるのは狩人同盟だ。というか、そもそも銀華自身が狩人同盟に戻りたいのだ。友だちなら彼女の意思を尊重して、手伝いをするべきではないだろうか。

そもそも彼女のためになることとはなんだろう。

狩人同盟に戻ったほうがいいと提案することだろうか。

師匠の言葉を無視しろと持ちかけるべきだろうか。

どれも違う気がする。

いくら銀華が狩人同盟に戻りたくても師匠の言葉には逆らえないし、師匠のことを否定されれば激しく反発することは間違いない。琉花としても銀華を育ててくれた師匠のことを否定したくはない。

では、自分が彼女のためにできることとはなんだろう。自分が大切な相手のためにしたいことは——

つーか、あたし、なんか大事なこと忘れてない……？

自分の思考にかすかな違和感を覚えた時、琉花の胃から、きゅう～、と音が鳴った。

「……ハズオン聞かせてすんません」

悩みすぎてお腹《なか》が空いてきた。窓の外は暗くなっている。今が何時かわからないが、夕飯の時間でもおかしくはない。

「ま、今すぐ決めてー、言うたってお嬢ちゃんも困るだけですし、続きはご飯食べてからにしましょ。お弁当買《こ》うてありますし」

詠がもちかけると、ベサニーが残念そうに琉花から離れていった。

「そうね。スエラも呼びましょう」

もしかしてタダメシ？　と琉花が興味を移しかけた時、通路から赤い髪の少女が部屋の中に入ってきた。

「お、スエラ。いいとこに帰ってきたな。メシにするぞ」

サヴァの声を聞いてスエラが顔をあげると、前髪がはらりと分かれた。

髪の隙間から現れたヘーゼルカラーの瞳は、海に漂うクラゲが波を打っているように見えた。

「私は、ギンカ様に命を救われました」

スエラの声は下手な口笛のようにかすれていた。

「皆様と同じく、私も残りの人生をギンカ様のために使うと誓いました。あのお方の力を、十全に発揮できるように、支えていこうと……」

途切れ途切れの声に、ベサニーたちの動きが止まる。

ベッドの上で夕ご飯を待っていた琉花にも違和感が伝わってきた。明らかにスエラの様子がおかしい。

「ですが、それだけに、私はギンカ様の心も手助けしたいと思っています……あのお方が大事になさっているものを守りたいと……思っています……」

「スエラ。なにを言って……」

「ホテルの外で祓気を使いました」

その直後、スエラ以外のヴァンパイアハンターから銀色の光が放たれた。

スエラは戦闘態勢に入った三人に怯えることもなく、その視線を琉花の背後、大きな窓ガラスに向けた。

ベッドの上で姿勢を変えて、琉花が背後を見ると、窓の外には――

「……天使？」

大きな翼を生やした人間が夜空に浮かんでいた。

銀色の髪と銀色の眼を持ったその人物は、銀色の翼を生やしていた。

天使が翼を大きく一振りすると、そこから細かい羽が分離し、ホテルに向かって射出された。

「総員防御！」

ベサニーの指示が轟《とどろ》いた直後、銀色の羽が窓ガラスに接触し、部屋にガラスの破砕音が鳴り響いた。

シーツを体の前に掲げて目を閉じる。銀色の羽は大量に飛んできているらしく。家具が傷つく音やサヴァや詠のうめき声が聞こえた。

「ひゃー！」

半ば恐慌状態になりながら体を縮こまらせていると、部屋に充満していた破壊音が小さくなっていった。うっすら目を開けると、部屋中に飛び散るガラスや木くず、倒れているベサニーたちが見えた。不思議なことに、琉花が座っているベッドにはなにも異常がなかった。倒れた監視チームの間をぬってスエラがこちらにやってくる。彼女のヘーゼルカラーの瞳には銀色の天使が映っていた。

「遅くなってすまない」

振り向くと、琉花のそばに羽を生やした天使が立っていた。銀華だった。

九章 ゆめばえ

祓気《ふつき》のログがあった地点に到着すると、琉花《るか》のスマートフォンが落ちていた。激しく地面に落ちたようで画面が破滅的に割れており、なにかが起きていることは一目瞭然だった。

合鍵《あいかぎ》を使って盛黄《もりき》家に突入するが、中に誰《だれ》もいなかった。アルバイト先の『ビアンコ』を訪ねると、もう帰った、とマスターに答えられた。

琉花はアルバイトからの帰宅中に姿を消した。

ありえないことだとは思うが、普通の誘拐事件の可能性も考えて警察に通報しておく。以前の事件で知り合ったこともあって、この町の警察も動いてくれることになった。

警察との通話を切ると、連絡先一覧にスエラの名前を発見した。頭が怒りで満ちる。

琉花を連れ去った犯人はスエラを含む監視チームだ。

その目的は考えるまでもない。彼らは自分を狩人同盟に戻すために琉花を取り込もうとしているのだ。もしかすると人質に使う気なのかもしれない。

再び私は琉花を危険に巻き込んでしまった。

自責の念に囚われつつ、狩人同盟日本支部に連絡を取ると、監視チームの動向はわからないという返答だった。潜伏先も不明。少しでも期待していた自分に苛立《いらだ》った。

自分はこれから監視チームと戦うことになる。

〝混凝固《コンクリジッド》〟ベサニー・リッチモンド。その名の通り祓気を具象化して固定することに特化した狩人。

〝茨垣《スングラヴェ》〟サヴァ・ブラゴジェヴィチ。情報技術が発展する前からヴァンパイアと戦っていたベテラン狩人。

檜野詠《ひのえい》。伝統的な家系に生まれた特異な祓気を使うことができる狩人。二つ名はないが、場合によっては他のふたりよりも手強《てごわ》いかもしれない。

コンスエラ・ペルペティア。優れた能力があるわけではないが、銀華が命を救った少女であり、ここ数日心を通わせた相手。他の三人とは別の意味で戦いづらい。

銀華が心を軋《きし》ませていると、スマートフォンに連絡が入った。

『サーチアプリを起動して、マップを広くしてください』

英文の指示に従ってサーチアプリを起動すると、マップ上に青色の点が光っていた。場所を調べると、ここから南の県にあるビジネスホテルだった。

罠《わな》か陽動か。そうだとしてもこの地点に狩人がいることは間違いない。

行くしかない。

アプリを操作して目的地までの距離を出す。七十キロ強。交通機関を使った場合は一時間以上かかる。祓気を使って空を飛んだほうが早い。

祓気を足裏から放射して空中を疾走する。体の周りに防護用の祓気を展開しているので、鳥にぶつかっても平気だが、できるだけ傷つけたくないので避けていく。

三十分後、ビジネスホテルが見えてくると、その付近に赤い髪の少女が見えた。

「ギンカ様……！」

銀華《ぎんか》が地上に降り立つとスエラは怯《おび》えた顔をした。当然の反応だ。彼女は琉花を連れ去った監視チームのメンバー。敵なのだから。

「スエラ。琉花はどこだ」

槍を作り出してスエラに近づいていく。

他のメンバーの姿はなく、気配も感じない。検知されないための工作をしているのかもしれない。スエラを囮《おとり》にした陽動の可能性もある。

「なにが起こったのかはわかっている。監視チームだな」

銀華が足を止めると、スエラがこくこくと頷《うなず》いた。

「る、ルカ様は三階の部屋にお三方といます。ギンカ様。ルカ様をお助けください」

スエラは胸を押さえて苦しそうに言った。

その言葉が嘘《うそ》ではないからこそ銀華は戸惑った。この子はいったいなにをして、なにを言っているのか。自分たちが誘拐《ゆうかい》したのに、今さら助けてくれとはどういうことか。

そこまで考えて、銀華は彼女がそれほど強くないことを思い出した。

スエラが監視チームに立ち向かっても瞬時に敗北してしまう。それならばある程度の情報を得た上で戦闘は銀華に任せておいたほうがいい。そう考えたのだろうか。

慎重すぎて臆病ともいえる判断だが、自分と敵の力が計算できるようになったという点においては強《したた》かになったと言ってもいいかもしれない。

銀華は溜《た》め息《いき》をついてからスエラに言った。

「詳しい話は後だ。今は協力しろ」

その後、スエラとの打ち合わせを終えた銀華は、足の裏から祓気を放射してホテルの側面を上昇していった。

琉花がいる部屋を目視で確認すると、銀華は背中に祓気の翼を形成した。眠りの鳴き声《ピープ・アスリープ》。かつて〝火葬幻獣《フェゴブリヘ》〟を討伐する際にも使った拘束のための技だ。

中に入ったスエラが監視チームの注意を引いたことを確認すると、銀華は部屋に向けて羽を射出した。最初に突入させた羽を琉花の周りで広げて鎧《よろい》にした後は、翼の銃弾が尽きるまで乱射し続ける。

監視チームが倒れたことを確認して部屋に突入し、琉花のそばにかけよって彼女の状態を確かめていると、

「スエラ。裏切ったのか？」

サヴァの声が聞こえた。

琉花の安全を気にするあまり威力が弱まったのかもしれない。監視チームはよろよろと立ち上がると、スエラに向けて敵意のある瞳《ひとみ》を向けていた。

銀華と監視チームの間で立ち止まったスエラは、苦しそうな表情でサヴァたちに向き直った。

「すみません！　ですが、やはり私たちが間違っていると思うのです！」

彼女の叫びは痛々しく、自分自身を傷つけるようでもあった。

「ギンカ様の意見を曲げるためにルカ様を誘拐し、狩人同盟に工作活動をした私たちに正義があるのでしょうか！　もしそれで狩人同盟が立ち直ったとして、それは我々が望む形になるのでしょうか！」

サヴァと詠の顔が険しく歪《ゆが》んだ。覚悟が足らない者を見る軽蔑《けいべつ》の眼差《まなざ》し。彼らにとってはそんなハードルはとっくに越えた部分なのだろう。

奇妙なことに、ベサニーは平静を保っていた。この計画を主導したのはおそらく彼女で、その所業は明らかにされてしまったというのに、なぜここまで余裕を保てるのか。

スエラが自分をここに連れてくることも想定内だったのか？

銀華は槍を作り出すと、三人に向けて構えた。

「守るべき無辜《むこ》の民を誘拐し、洗脳しようとするとは、今の貴様らは狩人の風上にも置けない存在だ。懺悔《ざんげ》の時間を設けてやる、観念しろ」

三対一だが負ける気はしなかった。琉花との距離はこちらのほうが近いし、場合によってはスエラも動くことができる。恐れる必要はない。

「銀華。待って！」

琉花の声に、高ぶっていた戦意が鎮まっていく。

横を見ると、琉花がベッドから立ち上がり、こちらに青紫色の瞳を向けていた。彼女らしからぬ真剣で緊張した表情。なにか嫌な予感がした。

視界の端で、ベサニーがにやりと笑った。

◆　◆　◆

スエラの情熱《パッション》溢《あふ》れる叫び《シャウト》を聞いて、琉花は彼女が銀華を連れてきてくれたことを理解した。

ヴァンパイアハンターたちの強さの順列はわからないが、彼らの雰囲気から見ると銀華が最強なのは間違いない。きっと銀華が戦闘モードに入ればこの場の人々は全員倒されてしまうくらいに。

だから、全員の意識がある今のうちに言っておかなくてはいけない。

「銀華。待って！」

琉花は跳ねるようにベッドから降りると、撒《ま》き散らされたガラス片の隙間《すきま》に立ち、月光に照らされた銀華を見つめた。

やっぱ顔がいいな……。

友人の美麗さを確認して切ない気持ちになりつつ、琉花は銀華に向けて言った。

「ベッさんも、サヴァさんも、えーやんも、スーちゃんも、あたしに変なことはしてないよ。ただ銀華の話をしてくれただけ」

「琉花、話は後で聞くから……」

「あたし、ベッさんたちの気持ちすごいわかる。銀華はレベチだよ！」

琉花が大声で言うと、銀華は寂《さび》しそうな顔になった。

心が痛むが、銀華のレベルが周囲と違うことは事実だ。ヴァンパイアハンターの世界でも、学生生活でも、彼女は優秀すぎる力を発揮している。

「ベッさんたちの話を聞いてわかったんだ。あたしはやっぱフッツーのギャルで。あんたと全然釣り合ってない……友だちなのに、あんたの力になれない」

「琉花、それはちが……」

「だから、あたしなりに銀華のためになにができんのかって考えたんだよ……そんで、ついさっき答えがわかったんだ……あたし……あたしさ……」

琉花が笑い混じりに話していくと、銀華はますます寂しそうな表情をした。

でもそんな表情をする必要はない。自分がこうすれば銀華は悩みから解放されるのだから。

琉花は銀華を見つめると、みぞおちに力を込めて、

「——あたし、インフルエンサーになるよッ!」

渾身の気持ちを込めて叫んだ。

「「「「「……はあ?」」」」」

ヴァンパイアハンター五人の声が見事に重なった。

部屋の中に漂っていた戦意が霧散し、全員が琉花の発言をどう受け止めるべきなのかと混乱している。

だが、あえて琉花は説明しなかった。こういうのは魂で感じて欲しい。

「おい、エイ。いんふるえんさーってなんだ?」

「いやー……うちもよお知りませんけど、インターネットの……芸能人? みたいなやつです」

「で、なんでお嬢ちゃんはそれになるって?」

「それはわかりません……いやー、ほんまにわからんです……なんでぇ?」

サヴァと詠の顔に浮かんでいた険しさがなくなっている。なんだか世界を平和したような気がして誇らしい。

琉花が自慢げに鼻の下をこすっていると、銀華が呆《あき》れ混じりに言った。

「琉花。順を追って説明してくれ。いいか、順を追ってだぞ」

あー、やっぱ説明しなくちゃダメかー。

琉花はヴァンパイアハンターたちを視界に収めると、腕を組んで指を立てるという考えうる限り最高の知的ポーズを取った。

「確かにあたしって、銀華と釣り合わないなーとか、レットーカン的なの感じてたかもなーって思ってさー。基本守られてる感じだし。申し訳ねぇ〜〜〜って思ってたんだよね」

思い返すと、スエラが盛黄家に来た時も、海でナンパされた時も、それ以外でも銀華は自分のことを守ってくれた。狩人同盟に琉花の記憶を消去しないように訴えてくれたらしいし、今回だってかけつけてくれた。

自分と彼女はレベルが違っている。それは認めなくてはいけない。

「でも、それだったらあたしもレベル上げればいーじゃん、強くなればいーじゃん、って思ってさ。でも、バトル系は無理めだから、別の方面から攻めてこーみたいな？」

「だから、インフルエンサー？」

「そそ。インフルエンサーならシャカイ的なエーキョーもでっかいし、チメード？　とか上がれば今日みたくユーカイされてもすぐにあれ？　おかしくね？　って気づいてくれる人もできるっしょ？」

「い、意外と考えている……」

静かに納得する銀華の前で、琉花は言った。

「それに、サヴァさんとかえーやんの話を聞いて覚悟が決まったところもあってさ」

サヴァと詠に目を配り、彼らの敵意がなくなっていることを確認してから続ける。

「ヴァンハの人たちってまだ戦ってるぽいじゃん？　だから日本に来ても遊びにいくとか、毎日息抜きできないわけで……だったら、あたしがネットで楽しい場所とか教えたり、楽しいことを広めたりしよっかなーって思って」

腕組みを解いて、へへへ、と笑いながら琉花は続けた。

「実は前からネット活動に興味はあったんよ。でも、めいひなから無理無理って言われたし、今日もバ先の先輩のキビシー世界見ちゃってビビったりしてたしさ。やんなくてもいーかなーって思ってたんだけどー………やんないとね」

「それは、どうして？」

「銀華と一緒にいたいから」

今まで自分はなにを迷っていたのだろうか。答えはいたってシンプルだったのだ。

銀華と一緒にいたい。

その気持ちだけで動いていたのに自分は今までこのことを口にしなかった。銀華には顔を合わせて話せなんて言ったのに、自分もそうだったとは。

反省だなーこりゃー。

苦笑いしつつ銀華を見つめると、彼女の頰《ほお》が赤くなっていた。透き通るような肌のせいで彼女がどう思っているのかひと目でわかってしまう。

……よく考えたら、あたしすげーこと言ってない？

「ちょ、なんか反応してよ、はじーんすけど」

「か、勝手に言って勝手に恥ずかしがるなど、責任転嫁がすぎるぞ」

銀華はそう言うと、険しい表情で琉花から顔をそらした。

熱くなった首を手であおぎながら、琉花はベサニーたちに向き直る。

「つ、つーわけで、みんなもありがと！　インフルエンサーになるなんてひとりじゃ決めらんなかった！　マジ感謝っす！」

この発想に至れたのは彼女たちの話を聞いたからだ。この人たちがいなければ自分は勇気が出なかった。本当に感謝しかない。

しかし、琉花の気持ちとは反対に、ベサニーの反応は暗かった。

「こうなれば最終手段しかないわね」

「あ、あれ？　ありがとって言ったんすけどー……」

「総員、戦闘準備」

琉花の声を無視してベサニーが全身に祓気をまとわせる。

最終手段という響きに嫌な予感しかしない。ベサニーがやりたくないがやらなければいけないこと。人々を守るために戦っていた彼女が選ぶ最終手段。彼女の片目は琉花をじっと見据えている。

「……サヴァ、エイ、どうしたの？」

他のふたりは動かなかった。

琉花を見ているのはベサニーと同じだったが、そこに怒りの感情は浮かんでいなかった。

「ベサニー。俺《おれ》は降りる」

「サヴァ。なにを言っているの……⁉」

動揺するベサニーを穏やかな目で見つめると、サヴァはスラックスのポケットに手を突っ込んでクローゼットにもたれかかった。

「スエラの言う通り、俺たちは正義のために戦ってきたはずだ……娘の無事を知って泣いてくれるような子を殺すためじゃない」

そう言うとサヴァは諦《あきら》めるようにまぶたを閉じた。

銀華と戦う気もないが、ベサニーと戦う気もない。そういうことらしい。

「すんませーん……うちも一抜けで」

サヴァの隣で、詠が手を上げて苦笑いをしていた。

「琉花ちゃんがおもろくてアホらしなったのもありますけど……うち、この子の活動見てみたいです……なんで、すんませんけど、一抜けで」

そう言うと、詠は肩の力を抜いて両手をだらりと垂らした。

サヴァと詠の離脱を聞いてベサニーはしばらく絶句していたが、

「いいわ……私だけが憎まれ役になってあげる……！」

震え声で呟《つぶや》くと、ベサニーは素早い動きで手を払った。

琉花の目に銀色のナイフが映った。それはこちらに一直線に飛んできていて、避けろという思考が脳に湧《わ》き上がった時、ナイフはすでに間に合わない位置まで来ていた。

どちっ、と鈍い音が聞こえた。鋭い刃物が肉に当たった音。

赤色の滴《しずく》が飛び散り、ベッドに不気味な模様を作る。白いシーツの上でじわりと広がっていったそれは、次第に鉄の臭いを部屋に漂わせた。

「……スエラッ！」

ベサニーの叫びに応《こた》えることなくコンスエラ・ペルペティアは琉花の前で屹立《きつりつ》していた。

彼女の小さな手に、ナイフが突きささっていた。

◆　◆　◆

ベサニーが琉花を攻撃しようとしていることは見抜いていた。

彼女は強靭な狩人だ。かつて仲間を逃がすためにヴァンパイアとひとりで戦ったように、仲間がいなくなったとしても戦意を失うことはないだろう。

そのため、ベサニーが実際にナイフを飛ばしてきた時も動くことができた。攻撃を弾《はじ》くための祓気を腕に集めていると、銀華よりも先に赤い少女が動いていた。

スエラがなにを思ってナイフを受け止めたのかはわからない。ヴァンパイアハンターとしての義務感なのか、琉花に対しての贖罪《しょくざい》意識なのか。

いずれにせよ彼女の起こした行動は『無辜の人々を守る』理念の体現だ。ヴァンパイアハンターとしての本懐《ほんかい》。彼女の中に刻まれた善性の発露。

銀華は微笑みをつくると、スエラに向けて言った。

「スエラ。よくやった。琉花の護衛と投降者の監視についてくれ」

「は……はい……」

スエラを自分の後ろに下がらせると、銀華は再び三人に向かって槍を構えた。

ベサニーの後ろで、詠が肩をすくめている。

「投降者の監視て。うちらはもう戦う気ぃないんですけど」

「いいや、ギンカ様のおっしゃる通り、俺たちへの警戒は怠らないほうがいい。演技の可能性がないわけじゃないからな……スエラ。すまん。頑張ってくれ」

そう言うと、サヴァはその場に座った。彼なりに降参の表現らしい。真似をするように詠も隣に座り込む。

「というわけで、ベサニー。私と貴様の戦いになるな」

銀華はベサニーに向かい合った。

くすんだ金髪。薄青の目。女性にしては高い背丈。彼女の姿は銀華の記憶の中と変わっていない。ただ、その心は大きく変わっている。

「こうなってしまっては仕方ありませんわね……あなた様を降《くだ》して無理矢理でも狩人同盟に連れて行きます」

ベサニーの足元に祓気が集まっている。高速移動《ジグ・ジョグ》の準備らしい。

「貴様が私に勝利できるとでも？」

「正面切っては自信がありません。ですが、隙《すき》を見つければ可能かもしれません」

ベサニーが琉花に目を移した。隙というのは彼女のことらしい。

注意を言っておこうと琉花を見ると、彼女は拳《こぶし》をこちらに突き出していた。

「銀華」

「なんだ？」

「負けんなよ」

「無論だ」

琉花に返事をすると心が軽くなった。

負ける気がしない。

銀華が顔を戻すと、ベサニーが動いた。足の裏に溜めていた祓気を解放し、琉花に向かって突っ込んでくる。

「失礼します!」

「むがっ!」

スエラが琉花を伏せさせる。よい判断だ、と言いたかったが、ベサニーへの対応があったので話すことができなかった。

体当たりしてきたベサニーを蹴《け》り飛ばし、そのまま窓外に放り投げる。

「スエラ！　任せたぞ！」

ベランダを超えて外に落ちていくベサニーを追いかけ、銀華も空に飛び出した。

自由落下に任せていくと、空中を横に跳ねるベサニーが見えた。空中を走ることは高等技能だが、二つ名持ちの彼女は当然のようにそれを行っていた。

足に祓気を集中させて追跡すると、ベサニーからナイフが飛んできた。槍で弾きながら上空へ飛び、ハイスピードでベサニーの進行方向へ落下する。

「どこへ逃げるつもりだ？」

空中で静止してベサニーの進行を妨害すると、彼女も空中に立ち止まった。

「どうして戻ってきてくださらないのですかっ！」

ベサニーの絶叫が夏空に響く。それは紛れもない彼女の本心だった。

師匠の言いつけだから。

自分が戻れば組織を混乱させるから。

他にもいくつも答えはあったが、自分の本心が狩人同盟に戻りたいことである限り、どれも誠実ではない気がした。

琉花の夢を聞いた後で湧いてきた答えもあるが、これは今の彼女に言っても受け入れられないだろう。話をするならば彼女を無力化してからだ。

「いいから、早く始めるぞ」

銀華が挑発すると、ベサニーは諦めたように首を前に垂らし――背中から大量の祓気を放射した。

「エキソフォースの具現化はあなた様だけの技ではありません……！」

銀色のエネルギーの塊は彼女の制御によって変異していき、翼の形にまとまっていく。

ベサニーの二つ名、〝混凝固《コンクリジッド》〟とは、彼女の祓気の具現化能力にちなんで名付けられたものだ。周囲の空気と祓気を混ぜ合わせて強力な武器を作り上げる、彼女の得意技。

「……知っているよ」

ベサニーが編み出した攻撃技は、銀華の修行メニューに多く採用されていた。そういう意味では直接教えをもらったことはなくとも、彼女は師匠のひとりと言っていいかもしれないだからこそ悲しい。なぜこうなってしまったのか。

早く終わらせよう。自分のためにも。彼女のためにも。

銀華は応えるように銀翼を生やし、片手に持った銀槍《ぎんそう》を偏執者に向けた。

「貴様を打破する。〝混凝固《コンクリジッド》〟」

ベサニーは翼を増やすと、最強のヴァンパイアハンターを睨《にら》みつけた。

「それもまた喜びです。〝銀の踊り子《シルバーダンサー》〟」

ふたりは同じタイミングで銀翼を動かした。

星が輝く闇《やみ》の中で銀色の羽が飛び交う。相手の肉を割くために楕円形に変化したそれらは、空中でぶつかり合うと、激しい火花とともに散っていった。

相手を狙《ねら》っている羽と翼自体を狙っている羽。こちらに飛来するものを見極め、銀華は自分の羽で撃ち落としていく。

ベサニーはこの攻撃に賭《か》けているのか、羽にかなりの祓気を込めており、威力によって銀華の動きを制していた。銀華の祓気量はベサニーのそれの何倍も多い。このままではベサニーの祓気は尽きてしまうだろう。

そのことに彼女が気づいていないはずがない。

必ず彼女はなにかを企《たくら》んでいる。こちらの隙を突くべきなにかを。

◆　◆　◆

夜空の向こうで銀色の花火が上がっている。

暗すぎてよくわからないが、あれは銀華とベサニーが戦っているということだろう。

予期せぬ花火大会をベッドの上で眺めながら、琉花はスエラに話しかけた。

「そんでー。インフルエンサーってのは、ダンスとかコスメとか、食レポとかゲーム配信とか、ニュース解説とか、色々あるわけよ」

「は、はぁ……」

「だから、やるってもなににしよっかなーって迷ってんよ……なんかある?」

話を振ると、スエラがうろうろと視線をさまよわせた。手のひらの傷は祓気の治癒力によってすでにふさがっている。やはり祓気はすごい。

「私はインターネットのサービスをあまりよく知らないので……」

「あ、じゃあ今から一緒になんか見る?」

「い、今は監視中ですので……」

スエラが気まずそうに顔をそらすと、その目に座り込んでいるふたりが映った。

「そうだな。それが正しい判断だ」

「みんなマジメですねー。別に反抗しませんてー」

サヴァと詠は後ろ手に手を回して自主的に拘束体勢を取っていた。彼らも外の様子が気になるのか、窓を通して夜空を見つめている。

まー、仲間だもんね。気になるよね。

琉花がヴァンパイアハンターたちの仲間意識を感じ取っていると、

「ルカ様は本当にインフルエンサーになるおつもりですか?」

とスエラが聞いてきた。

気がつくとスエラはベッドに上り、琉花の隣に座っていた。不安を浮かべる小さなヴァンパイアハンターに琉花は微笑みかけた。

「うん。成功するか失敗するかはわかんないし、ぶっちゃけ失敗のカクリツのほうが高いけど……でも、狩人同盟のためにもやんないとさ」

「狩人同盟のため……?」

「うん。これから狩人同盟がどうなるかあたしにはわかんないけど、みんなの話を聞いてる感じ、形が変わっちゃうのはカクテーっぽい気がするんだよね。ってことは、この後も絶対みんなやーな気持ちになるわけでー……だから、あたしが面白《おもしろ》ムービー撮ればちょっとくらいはクッションになるんじゃないかなって。それに、運よくすんごい有名人になれれば狩人《みんな》たちのことを支えられるかもしんないし……って、これイキリすぎかな?」

琉花は苦笑いしながらスエラに指先を向けた。

「だからさ。スーちゃんも見ててね。あたしのこと」

琉花が言い切ると、スエラの顔が決壊した。

眉毛《まゆげ》と目をふにゃりと垂らすと、とどまることがなさそうな勢いで涙をボロボロと垂《た》らし、大口を開けてうめき声を漏《も》らした。

「ご、ごめんなさい……だまして……ゆ、ゆうかいなんかして……」

「んもぉ～。泣くなよ～」

琉花はスエラを胸の中に抱きしめ、頭の後ろをさすった。

「よーしよし、頑張った頑張った……てか、マジであんがとね。手ぇ痛かったでしょ」

スエラが琉花の胸にうずもれながら首を振る。ブラウスのボタンが外れそうになったが、ええうと嗚咽《おえつ》しながら外国語を呟くスエラにそんなことは言えない。

スエラを慰めながら、琉花は銀華とベサニーの行く末を眺め続けた。

「スエラ。俺たちから目を離すなと……いや、これは野暮《やぼ》か」

「野暮て。サヴァさん、やーこしい日本語知ってますね」

◆　◆　◆

撃ち合いが始まってから三分が経過した。

銀華の予測通りベサニーの疲弊は早かった。正面きっての勝負をやめ、空を滑空して位置を変えたり、羽の軌道を曲げたりするなど工夫をし始めたが、時すでに遅し、彼女の顔には隠しきれない疲労が浮かんでいた。

あの調子では一分も持たないだろう。

「ベサニー、投降するならば今のうちだ！　このまま続けていれば祓気切れで落下してしまうぞ！」

銀華が注意をしてもベサニーは応えなかった。こちらの提案を罠だと思っているのかもしれない。降参する気はないようだ。

勝負を早めにつけるために新たな翼を形成しようとしたその時だった。ベサニーの片足から祓気の足場が消失し、彼女の体がぐらりとよろけた。

あのままでは落ちる。

手に持っていた槍を消去し、加速のために背中から祓気を放出する。流星のような軌跡を描いて空を駆け、ベサニーを受け止めるために両手を伸ばす。

「……エキソフォースが切れたと思いましたか？」

差し伸べていた両手をぎゅっとつかまれた。骨を砕くようなほどの力強さ。祓気で強化していなければ本当に砕かれていたかもしれない。

ベサニーは凄惨《せいさん》な笑みを浮かべながら銀華を見つめていた。

「祓気切れを装うという汚い行為であなた様のお慈悲を引き出してしまったことに深く謝罪申し上げます。ですが、私はどうしてもあなた様にお戻りいただきたいのです。あなた様と同じ時間を過ごし、導いていただきたいのです。私は、私は……」

「ベサニー、私は別に祓気が切れたと思っていないぞ」

「え……？」

口を半開きにするベサニーに対して、銀華は続けた。

「貴様の得意技は祓気の具現化だけではない。遠隔操作……遠くに離れた祓気を操《あやつ》ることも貴様が得意としていた技だ……後ろから、ナイフだな？」

呟いた直後、銀華は首の後ろから祓気を放射した。

複数の激しい炸裂音とともに背後からまばゆい光が差した。ふたりの祓気がぶつかり合った残滓《ざんし》が、雪のようにはらはらと下へ落ちていく。

銀色の光に顔を照らされながら、ベサニーは呆然《ぼうぜん》と呟いた。

「では……なぜ……近づいて……？」

ベサニーから腕の自由を取り戻した銀華は、彼女の胸に右手を添えた。

「危険を承知で接近したのは、背後からの攻撃に対処できるからであり、倒した後の落下を防ぐためであり……あなたの自死を防ぐためだ」

過去の戦いで囮として残った時、ベサニーは死を選ぼうとしていた。

彼女は誇りを捨てるくらいならば命を捨てることを選ぶ狩人だ。個人的には彼女が望むのならばその道を選ばせてもいい気がしたが、琉花のことを考えると防ぐべきだと思った。あの少女に人の死を背負わせるわけにはいかない。

「……私の勝ちだ」

銀華がそう言うと、ベサニーは悲しげな笑みを浮かべた。

「やはり、あなたは我らが希望……」

銀華が手のひらから祓気を放射すると、ベサニーの体が大きく跳ねた。

気を失って脱力したベサニーを肩にかつぎ、銀華は琉花やスエラがいるホテルに向き直った。

戻ろう、あの子たちの元に。

◆　◆　◆

銀色の花火が止まり、暗い夜空が戻ってきた。

琉花たちが見守っていると、空の向こう側から銀華がベサニーをかついでホテルに帰ってきた。銀華の勝利を疑ってはいなかったが、それでも彼女の姿が見えた時は思い切り安堵《あんど》の息を出してしまった。

スエラを連れてベッドから降り、ベサニーが寝るスペースを用意する。

銀華の肩から降ろされたベサニーはまぶたを閉じていて、顔色はかわいそうなほど青ざめていた。

「銀華。一応きーとくけど……やってないよね？」

「やってない。彼女は屈強な狩人だ。すぐに目を覚ますよ」

「どうして……なのですか……」

「……早すぎるな」

驚く銀華の前で、ベサニーは薄目を開けて天井《てんじょう》を見上げて弱々しく呟き始めた。

「ど、どうしてお戻りにならないのですか……あなた様は完璧《かんぺき》なヴァンパイアハンター……狩人同盟にいるべき方なのに……」

ベサニーの薄青色の目が潤《うる》んでいる。

彼女が抱いている無念さや悔しさは十分に伝わってきたが、銀華と一緒にいたい琉花にはなにも返すことができなかった。計画から離脱したスエラたちも彼女の疑問には答えられないはずだ。

この質問に答えていいのは世界でただひとり、四十七《しじゅうなな》銀華だけ。

銀華は息をつくと、ベサニーに語りかけた。

「ベサニー。私はまったく完璧ではないよ」

静かな声色は外からの風に乗り、部屋中に広がっていくように思えた。

「琉花の誘拐を見逃してしまったし、スエラに助けられなければここにたどり着くことはできなかった。学校生活も満足にいっていないし、困ったことがあればすぐに祓気に頼ってしまう……まったくもって未熟者だ」

銀華が自虐的に笑った。

めったに見ない友人の表情に琉花が驚いていると、隣のスエラも目を見開いていた。クローゼット前のサヴァと詠も口を半開きにしている。琉花が思うよりもこれは衝撃的な光景なのかもしれない。

「ここ数日、私は狩人と狩人同盟のことを考えていた。狩人たちが抱えている問題、狩人同盟の仕組み、一般世界との齟齬《そご》……考えれば考えるほど、狩人が日常に戻ることは難しいと思った。なにせ前例がないからな。誰もが組織に戻りたいと思ってしまう」

そこで銀華は琉花に一瞬視線を移した。その意図はわからないが、感謝されているような気がした。

「私はその前例というものになりたいんだ。戦いの日々から平和な日常に復帰できた狩人に……狩人たちの新しいモデルに」

日常に戻れなかった者たちの目標になる。

これは銀華の夢だ。彼女が見つけた彼女だけの夢だ。

なんだか琉花の涙腺が急にゆるんだ。それをくっと締めて我慢していると、銀華はヴァンパイアハンターたちに向けて言った。

「だから、私は自分の意思で狩人同盟には戻らないことにするよ」

銀華が言い切ると、周囲の空気が静まった。

この瞬間、シルバーダンサー奪還計画の失敗が決定した。

ヴァンパイアハンターたちの諦念が部屋に広がっていく。スエラがうめき声を出し、サヴァと詠が溜め息をついた。

「モリキちゃんとお話させてください……」

ベサニーが横たわったまま首を動かし、琉花を見つめた。

琉花が近づいていくと、ベサニーはたどたどしく口を開いた。

「モリキちゃん……あなたには謝らないわ」

「うん……」

ベサニーの声に恨みの感情はなかったが、彼女からすれば琉花が銀華のことを奪っていったように見えているはずだ。

ある程度恨み言を言われる覚悟をしつつ、琉花はベサニーの言葉を待った。

「ふたつ……言っておくことがあるわ……」

「う、うん。なに?」

「ギンカ様を……お願い……」

その声には寂しさと悔しさがはっきりと滲《にじ》んでいた。

ベサニー・リッチモンドが銀華のことを琉花に託そうとしている。銀華に救われ、人生を捧げようとした女性の願い。託された範囲がどこまでかはわからないが、彼女がとてつもない覚悟でこの言葉を絞り出していることは伝わってくる。

「うん。任せて」

琉花が力強く応えると、ベサニーは安心したように微笑んだ。作り笑いではなく素朴な笑顔。

琉花は彼女がきれいな人だと思った。

「そして……もうひとつ……」

ベサニーの声が低くなる。

やはり恨み言か。託すとは言ってもやはり感情がまとめきれないというのもある。

琉花が身構えていると、ベサニーは恥ずかしそうに言った。

「ベッさんはかわいくないから……やめて欲しいの……」

「あ、そっち」

予想外の言葉に戸惑ったが、先ほどの返事を思い出すと気に入っていないことは丸わかりだった。彼女はそういうところが気になる性質らしい。

琉花は顎《あご》に手を当てて、少し考えた後に言った。

「んー……じゃ、べっちゃむで」

「べっちゃむ……それは、かわいいの……?」

「うん。すっげーかわいーよ。べっちゃむにぴったりっす」

「それなら……それで……」

そこで力の限界がきたのか、ベサニーは目を閉じて意識を手放した。

戦いはこれで終わったらしい。

それならば、自分たちは日常に戻るべきだ。

琉花が感慨深く思っていると、銀華が部屋を眺めつつ溜め息をついた。

「後処理をしなければな……」

ホテルの一室はベサニーが寝ているベッド以外の家具がすべて傷つけられており、ぐちゃぐちゃという言葉がぴったりの惨状になっていた。

銀華はヴァンパイアハンターたちに向けて言った。

「スエラ、狩人同盟への連絡をしてくれ。どれだけ催促するかは貴様の裁量に任せる。サヴァと詠は反抗するつもりがないのなら部屋の清掃とベサニーの看護をしてくれ。私は………ひとまず、琉花を家まで送っていく」

太ももあたりにこそばゆさを感じる。横を見ると、銀華が琉花のスカートの裾《すそ》を強く握っていた。その力強さが心配の大きさを表す気がして、少し嬉《うれ》しい。

いや、これ以上やられるとずり落ちる！

「銀華、こっち。握んならこっちにして」

黒手袋のはまった手を握って自分の手首に誘導すると、そちらもぎゅっと握られた。

あたし、やっぱ愛されてんなぁ～。

琉花がだらしない笑みを浮かべていると、スエラがローファーやスクールバッグを持ってきてくれた。スマートフォンがバキバキに割れていることにうめき声を上げていると、ふと気になったことがあった。

「あんさー、そーいやなんだけど、ここってどこなん？」

「ム、ここか？　ここは……」

銀華が口にしたのはピーナッツと巨大な遊園地が有名な海に面した県だった。

眠っているうちにだいぶ遠くまで運ばれたらしい。夏の間に来る予定ではあったが、こんなに早く来ることになるとは。

あ、そーだ。

「ついでだし、リゾートかシーによってかね？　今ちょうどパレードの時間っぽいし」

「き、君……本気で言っているのか……？」

銀華が硬い声を出し、スエラたちが苦しそうな顔をしているのを見て、琉花は自分でもはしゃぎすぎなのかもしれないと思った。

でも、はしゃぎすぎでちょうどいーっしょ！　夏休みなんだし！

「それはまた今度にしよう。夏季休暇はこれからなのだから」

「えー……ゲントリーだかんね」

愚痴のように返しつつ、琉花は銀華に手を引かれて部屋からホテルの通路に出た。

エレベーターを待ちながら、銀華を見ていると、自然と琉花の口に微笑みが浮かんできた。

「銀華」

「なんだ？」

「来てくれてあんがとね」

「……どういたしまして」

照れる銀華をにまにま眺めていると、エレベーターがやってきた。

エピローグ

ベサニーたちが琉花《るか》を誘拐した目的は、ヴァンパイアハンター同士の戦闘に琉花を巻き込むことだったらしい。

琉花がシルバーダンサー奪還計画に共感するかどうかはおまけ程度で、ガチギレした銀華《ぎんか》の戦闘を目《ま》の当《あ》たりにすれば、ふたりの距離が開き、銀華が狩人同盟に帰ってくるのではないかと考えていたのだとか。

詰めの甘すぎるし、琉花は銀華がどういう戦闘をしても怯《おび》えないのでそもそも破綻している計画だったが、そこそこ練ったものが「インフルエンサーになる」というよくわからない発言に潰《つぶ》されたのは琉花も同情を禁じえなかった。

一緒に計画を練ったメンバーたちに離れられ、銀華にボロ負けし、狩人同盟に戻らないと断言されてしまった。ベサニーからすれば悪夢のような結果に終わったわけだが、銀華の夢を聞いた後の彼女は穏やかな表情をしていた気がする。

日常へ復帰できた狩人のモデルになる。

その銀華の夢はきっとベサニーや他のヴァンパイアハンターたちのためにもなるはずだ。

それならば彼女から銀華を託された者として、スエラに救ってもらった人間として、銀華の友だちとして、彼女の夢を応援しよう。

もちろん、自分の夢も頑張るつもりだけどね。

その夜、風呂から上がった琉花はメッセージアプリを開いて、めいり、ひなる、銀華と作ったグループにメッセージを送った。

るか：つーわけで　インフルエンサーになることにした！

めいり：…………………

めいり：前にウチらが言ったこと忘れた?

めいり：向いてないからやめときなって

ひなる：『やめとけ！』のスタンプ

るか：でも　決めたんで

めいり：だから　あんたにはムリだって

めいり：あぶないし

ひなる：『キケン！』のスタンプ

ひなる：『キケン！』のスタンプ

ひなる：『キケン！』のスタンプ

四十七銀華：ふたりの心配もわかるが、少し聞いてあげてくれ。
四十七銀華：琉花なりに考えて決めたことなので。
めいり：…………
めいり：銀華さんがそういうなら
ひなる：『仕方ない……』のスタンプ
るか：めいりとひなるの心配マジうれしい
るか：でも　あたしが初めてやりたいって思ったことだから
るか：失敗してもやりたい
るか：あたしが見つけた　あたしだけの夢だから
ひなる：『ふーむ』のスタンプ
ひなる：『考え中』のスタンプ
めいり：そんなに言うなら好きにすれば
めいり：ぜったい助けてやんない
めいり：…………
めいり：でも　応援だけはしてあげる
ひなる：『フレー！　フレー！』のスタンプ
琉花は笑顔を浮かべて、『ありがとう』のスタンプを送った。

事件から数日後、琉花と銀華は空港にいた。

空港に来たのは生まれて初めてだったので、気持ちを高揚させてあちらこちらに足を運んでいると、銀華に腕を引っ張られた。この間の事件から大型犬か子どものように扱われている気がするが、心配させてしまったのだからしばらくはその扱いも我慢しよう。

出発ロビーを進んでいくと、燃えるような赤い髪の少女がソファに座っていた。見慣れた黒服を着て、そばにはキャリーケースが置かれている。

「スーちゃん。はろーっす！」

「スエラ。見送りにきたぞ」

声をかけると、スエラは慌ててその場を離れようとした。しかし、ロビーという見通しのいい場所で逃げられる場所はなく、保護者役らしきダークスーツの人物から離れるわけにもいかず、彼女は諦《あきら》めて再びソファに座り込んだ。

琉花と銀華が前に立つと、スエラは縮こまりながら呟《つぶや》いた。

「お、お越しいただいたのは嬉《うれ》しいのですが、私には見送られる資格などないので……」

「おー、病み病みじゃん」

事件後、スエラが琉花に会いにくることはなかった。銀華にも接触を取らなかったようで、彼女がかなり気まずい思いをしているだろうと思っていた。

ちなみに他の監視メンバーは日本支部で引き続き事件の後処理をしている。銀華の取りなしもあって厳重注意と減給処分で済むかもだとか。

計画への関係度が浅いこともあって、スエラだけは一足先にイングランドに帰るらしい。日本から発つ前にへこんでいるなんて、琉花としてはなんとかしてあげたかった。

銀華の肩を自分の肩でつつき、彼女の言葉を引き出す。

「……スエラ。貴様に言っておくべきことがある」

「は、はいっ」

「貴様は悪事に加担し、自身の判断を他人に委《ゆだ》ね、これから本国に帰って戒律違反の罰を受ける身だが……」

「銀華、銀華、言いたいことだけでいーから。スーちゃん半泣きだから」

「ム……すまない」

銀華は気まずそうに空咳《からせき》をした。

「今回は様々なことがあったが、貴様は最後に正しい判断をした。それは私が認めるし、助けられた琉花も認めている……スエラ、君は立派なヴァンパイアハンターだ」

「ギ、ギンカ様……」

スエラの表情が雲ひとつない空のように明るくなった。

それとは逆に、その目からは大粒の涙が流れていた。ホテルで琉花の胸の間に流したものと同じくらいの量が一瞬で放出されている。銀華パワー恐るべし。

　スエラはハンカチで軽く叩《たた》くように涙を拭《ぬぐ》うと、琉花を見上げた。

「ルカ様……私はルカ様に告白することがあります」

「こくはっ⁉　す、スーちゃん、あたしに告んの？」

「はい……え？　なにかおかしいでしょうか」

「や、だって、心の準備的なの欲しいしさ。スーちゃんからそーいうのがくるの予想外すぎってーか……」

「琉花、告白という言葉は愛の告白だけに使われるものではないんだぞ」

「あっ……超ビビった〜……」

　安心で胸をなでおろす。誘拐された時とは別のドキドキがあった。告白は何度も受けたことがあるが、流石《さすが》に中学生女子から受けたことはない。

　スエラもなにが違和感だったかわかったようで、しばらく恥ずかしがっていたが、吹っ切れたように力を抜いて話し始めた。

「ご存知とは思いますが、当初の私は強引《ごういん》にでもギンカ様に狩人同盟にお戻りいただくつもりでした。なのでおこがましい話ですが……ルカ様を羨《うらや》ましいと思っていました」

　そう言った後、ですが、と前置きをしてからスエラは続けた。

「今はギンカ様のほうが羨ましいです。ルカ様のような方と学校生活を送れて……とても羨ましいです」

スエラの春のような微笑みを見て、琉花は自制ができなくなった。

なんだこのかわいい子。

両腕を広げて体を前かがみにする。スエラの顔を包むと、体を寄せて思い切りハグをした。

「る、ルカ様っ⁉　ぎゅおっ……」

「スーちゃんなら送れるよ！　だってあたし結構フツーだし！　あたしみたいな人たぶん世界中にいるって！　だから、だいじょぶ！」

「ぎゅおおお……」

「絶対また日本に来てよ⁉　今度は遊園地にも行ってさ！　映えるＶＬｏｇ撮っちゃたりしてさ！　つか、今度はあたしがそっち行くし！」

「……琉花、そろそろ離してあげてくれ。スエラが君の胸で窒息してしまう」

銀華に引き剝《は》がされて琉花が離れると、スエラは口を半開きにしてふらついていた。

そんな雑談を交わすうちに、スエラの出発時間になった。

キャリーケースを転がしながら、保護者らしきダークスーツの人とともにスエラがゲートに向かう。その途中で彼女は振り向き、こちらに向けて大きく手を振った。

「またお会いしましょう！　ギンカ様！　ルカ様！」

そう言い残して、狩人同盟からやってきた赤い来訪者、コンスエラ・ペルペティアは搭乗ゲートへ向かって姿を消した。

……あ、スーちゃんに琉花お姉ちゃんって呼んでもらうの忘れた！


空港から出ると夏空が広がっていた。

今日の琉花の服装はキャミソール風のビスチェとラップデザインのミニスカート。肩も足もむき出しだ。それなのにまったく熱気が逃げていく気配がない。麦わら帽子風のハットを被っているが、気休めにもならない。

隣を歩く銀華は、いつものボーイッシュな格好だった。重ね着風の黒Tシャツとスキニーパンツ。銀髪銀眼もあってなんだかバンドマンのように見える。猛暑の下にいるのに全然平気そうなのは修行の成果なのか。それとも祓気《ふつき》の影響なのか。

「琉花、なにを笑っているんだ？」

「なんか銀華が汗かいてないのが面白《おもしろ》くて」

「ム……？　いつもは笑っていないのに……？」

軽口を交わしながら、空港のバス停の影に入ると、太陽光線がマシになった。

少しでも涼を取り入れようと帽子を脱いでうちわ代わりに使っていると、

「琉花。この間のことだが……ありがとう」

銀華がぽつりと呟いた。

照れているのはわかるが、『この間のこと』に当てはまる部分が多すぎてピンとこない。熱くて頭が回らないってのもあるし、直接聞いてしまおう。

「この間ってどのこと？」

「一緒にいたいと言ってくれたことだ……その、私も君と一緒にいたいと思う」

どうやら銀華はホテルで「銀華と一緒にいたい」と伝えたことについて話しているらしい。

琉花自身としては、もうちょい早く言っておくべきだったと反省していたのだが、ここまで感謝されるのなら、あのタイミングがベストだったのかもしれない。

「ダチなんだから当たり前っしょー！」

笑いながら帽子で銀華の顔を扇ぐと、銀華の顔がほころんだ。

うん、やっぱりあたしのダチは顔がいい。

琉花は嬉しさを体いっぱいに感じつつ、友人に向かって口を開いた。

「つか、感謝なんてしなくていーって。インフルエンサーのほうは手伝ってもらうんだし」

「……は？」

銀華の目が驚きによって見開かれる。ただでさえ目が大きいので、顔の上半分を飲み込んでしまうと思ったほどだった。

「え、こわ。すぐ狩人モード入るじゃん」

「怖いのはこちらだ。なにも聞いていないぞ」

「うん。これハツコーカイだし」

琉花が笑い混じりに言うと、銀華は目頭を押さえた。

「琉花、何度も行っているが、私には戒律があるので、写真や動画などには映れない」

「知ってるってー。でも、裏方はできるっしょ」

「裏方？」

「そそ。インフルエンサーのことちょい調べたんだけどさ。なんか撮影係とか編集係とかいたほうがいいらしくってー。スーパー女子高生お銀さんならそのあたり上手《うま》くできっしょー……うえへへ」

琉花が溶けたアイスのような笑い声を出すと、銀華がこの世の終わりだとでも言うように黒手袋で顔を覆《おお》った。

「もち給料は出すって。折半だけど！」

「き、君、マネタイズする気なのか？」

琉花が、まねたいず？　と首をかしげると、銀華は溜《た》め息《いき》をついてから、

「マネタイズとは収益化をするということだ。ＳＮＳや動画サービスのマネタイズにはフォロワー数や再生数など、色々と超えなければいけないものがあると思うのだが……それは把握して……いるわけがないか」

「やってればお金もらえるんじゃないんだ……」

「当たり前だろう……」

「マジかー……あれ、つか、銀華、詳しくね？　もしかして調べた？　あたしのために調べてくれた？」

「………ともかく、君はもっと勉強しなくてはいけないようだな」

「うぃすうぃーす」

バスを待つ間、琉花と銀華はそんな他愛のない話をした。

後で思い出すことができないくらい取るに足らないくだらない話。そんな時間がたまらなく心地いい。

バスに乗り込む時、琉花は銀華が自分と一緒にいたいと言ってくれたことを思い出した。

彼女が自分の言葉に感謝してくれたように、いつか自分もこの気持ちを伝えよう。

だって、すっごく嬉しかったからね。

ヴァンパイアハンターに優しいギャル

She is friendly gal to vampire hunters.

あとがき

こんにちは倉田和算です。

この度は拙作『ヴァンパイアハンターに優しいギャル　二巻』をお読みいただき、誠にありがとうございます。

今回も都内某所在住ギャル盛黄琉花と半引退ヴァンパイアハンター四十七銀華の友情物語を書いてみました。

前巻のテーマである明るく！　楽しく！　元気よく！　にプラスして二巻では、強さってなに？　も加えてみました。そのためシリアス度がちょっと高めになりましたが……その分ギャルパワーも増したのでヨシ！

今作を書くにあたって夏のギャルについて調査しました。メイクやコーデはある程度予測できましたが、ネイルにも夏仕様があるとは……夏のギャルもパワフルでした。

ヴァンパイアハンター側は依然としてアフターストーリーです。今回も彼らは組織の混乱に巻き込まれて苦しんだり、悩んだ末に悪事を働こうとしたりします。ただ、彼らは根本的に善人のため悪事が苦手です。そのあたりのずっこけ感は生暖かい目で見ていただけると幸いです。

作品内容についての随筆的雑談。

作中で琉花が「ウェットスーツやラッシュガードは論外」と考えるシーンがありますが、あれは彼女の偏見です。岩礁などの障害物やクラゲの被害などを考えるとそういった水着のほうが安全なわけで……ケースバイケースですね。

作中でダンス部について「春大会や夏大会には出ていない」という書き方をしましたが、作中時点で夏大会は開かれていません（七月後半開催のため）。エントリーが五月締め切りなので、それをしていないということで「出ていない」という書き方をしました。

作中でインフルエンサーという言葉が出ますが、この言葉はこれからもどんどん別名になっていくものだと思うので、もし数年後に拙作をお読みになる読者様がいらっしゃった場合はこちらをその時代に適した言葉に置き換えていただけると幸いです……数年後に読んでいただけるだけで光栄ですが！

遅ればせながら謝辞を失礼いたします。

一巻から引き続き美麗すぎるイラストで本作のパワーをマシマシにしてくださった林けゐ様。二巻を出版してくださったGA文庫編集部の皆様。適切なご指導・ご指摘をくださる担当編集のジョー様。作品制作にあたって協力してくださった皆様。

この度拙作をお読みくださった皆様。

本当にありがとうございました。

またどこかの穏やかな風の中でお会いしましょう。

倉田和算

ファンレター、作品の
ご感想をお待ちしています

〈あて先〉

〒106－0032
東京都港区六本木2－4－5
SBクリエイティブ（株）
GA文庫編集部 気付

「倉田和算先生」係
「林けゐ先生」係

本書に関するご意見・ご感想は
右のQRコードよりお寄せください。

※アクセスの際や登録時に発生する通信費等はご負担ください。

https://ga.sbcr.jp/

ヴァンパイアハンターに優《やさ》しいギャル2

発　行　　　2023年6月30日　初版第一刷発行

著　者　　　倉田和算
発行人　　　小川　淳

発行所　　　SBクリエイティブ株式会社
〒106－0032
東京都港区六本木2－4－5
電話　03－5549－1201
03－5549－1167（編集）

装　丁　　　AFTERGLOW

印刷・製本　中央精版印刷株式会社

ISBN978-4-8156-1865-0
Printed in Japan　　GA文庫

新婚貴族、純愛で最強です２

著：あずみ朔也　画：へいろー

GA文庫

　新婚旅行《ハネムーン》でリゾート地にやって来たアルフォンスとフレーチカ。カジノに海にとバカンスを満喫するも、姉同伴が原因ですれ違ってしまう。

　仲直りのためプレゼント探しに奔走するアルフォンスだが、なぜか最恐の暗殺者一族に襲われる。目的は——暗殺or求婚《デッドオアアライブ》!?

　一方で落ち込んだフレーチカも、「ナイスカップリングですわ！」と何の因果か夫の元婚約者に励まされ、新婚旅行は混沌《カオス》極まる状況へ！

　遂には暴走した敵のギフトで街が氷結、そんな中手を差し伸べたのは復活した影・エイギュイユで——。妻が夫に隠した秘密とは？

　規格外な純愛ファンタジー、異郷で愛が深まる第２弾!!

試読版は
こちら!

孤高の暗殺者だけど、
標的の姉妹と暮らしています
著：有澤 有　画：むにんしき

GA文庫

政府所属の暗殺者ミナト。彼の使命は、国家の危機を未然に防ぐこと。そんな彼の次の任務は、亡き師匠の元標的《ターゲット》にして養女ララの殺害、ではなく……一緒に暮らすことだった!?　発動すると世界がヤバい異能を持つというララ相手の、暗殺技術が役立たない任務に困惑するミナト。そんななか、師匠の実娘を名乗る現代っ子JK魔女エリカが現れ、ララを保護すると宣言。任務達成のため、勢いで師匠の娘たちと暮らすことになってしまったミナトの運命は──？

「俺が笑うのは悪党を倒す時だけだ」

「こーわ。そんなんで、ララのお兄ちゃんが務まりますかねえ……」

暗殺者とその標的たちが紡ぐ、凸凹疑似家族ホームコメディ、開幕！